Приклей своё фото
или нарисуй себя.

Мы пираты,
мы пираты,
нам не страшен
вал девятый!

Кхе!

МЕНЯ
НИКТО
НЕ УЗНАЕТ!

ОТДАЙТЕ
МНЕ ВСЁ!

В НЕБЕ ЧАЙКА
ПОЛЕТЕЛА,
А КУДА — НЕ НАШЕ
ДЕЛО!

_____ Морское звание _____

_____ Морское прозвище _____

УДК 821.161.1
ББК 84 (2Рос=Рус)6
М35

Художник Катя Матюшкина

Матюшкина К.

М35   Кот да Винчи. Пираты Кошмарского моря: повесть-сказ-
ка / Катя Матюшкина. — М.: Астрель; СПб.: Сова, 2008. —
192 с.: ил.
ISBN 978-5-271-18848-0

В Зверином городе появились пираты! Они украли много-много
всего-всего, но главное — захватили в плен несчастную белочку Бряку!

А опасный и коварный преступник мышище Зыза, оказывается,
тоже пират! Он отправился на Обезьяний остров, чтоб стать королём
племени Трям-тряшек и завладеть их сокровищами!

По следу пиратов в полное опасностей Кошмарское море отправ-
ляется гениальный суперсыщик кот да Винчи!

УДК 821.161.1
ББК 84 (2Рос=Рус)6

ISBN 978-5-271-18848-0
ISBN 978-985-16-4121-1
(ООО «Харвест»)

Глава 1.
Страшный замысел

Мы пираты, мы пираты,
Нам не страшен вал девятый!
Нам не страшно ничего!
О!

Страшные пиратские напевы

Страшный ураган налетел на Звериный город. Ветер раскачивал деревья, клоня их к земле, на нескольких домах сорвало флюгера, а одна старая башня и вовсе повалилась на землю. По небу кружили подхваченные ветром шляпы, зонтики и даже чей-то ботинок.

Жители Звериного города сидели по своим домам, пережидая ненастье, и даже не догадывались, что настоящие беды их ждут впереди.

Белка Бряка бегала по кухне, хватаясь то за голову, то за хвост. Её домик, расположенный внутри большого дерева, раскачивался как маятник. С полок то и дело слетали кастрюльки, горшочки и вязаные салфетки.

Внезапно окно распахнулась. В одну секунду альбомы, фотокарточки, блокноты разлетелись по комнате.

КОТ - ГЕРОЙ

КОРАБЛЬ
В НЕБЕ !!!

ПОДУШЕЧКА
С ОРЕХОВЫМИ
СКОРЛУПКАМИ

ОЧЕНЬ
НУЖНЫЙ
КОВРИК

— Когда же всё это кончится! — воскликнула Бряка, кинувшись к окну. — Того и гляди, ветер вырвет дерево из земли и унесёт неизвестно куда! Что тогда будет?

И тут она увидела такое, что даже представить себе не могла. Прямо из тучи вылетел огромный корабль! Вокруг него, словно чайки, кружили рыбы и морские звёзды. Бряка никогда в жизни не видела пиратских кораблей, но сразу его узнала! На реях развевались рваные пиратские флаги, а на борту красовалось ужасное название: «Бегущий по граблям».

Белка, замерев, смотрела на это удивительное зрелище, и пришла в себя только тогда, когда корабль скрылся за одинокой скалой.

«Этот ураган принёс пиратов! Какой кошмар! Нужно скорее рассказать об этом коту да Винчи! Не хватало ещё, чтобы они напали на город!» — решила Бряка.

Она покрепче заперла окно, схватила плащ и выскочила за дверь. Сильный порыв ветра чуть не забросил Бряку обратно, но она, отважно вцепившись в лестницу, спустилась на землю.

До дома кота да Винчи было недалеко. Белка, придерживая плащ, рванула напрямик через небольшой парк и выскочила к реке. Но оказалось, что мост смыло разбушевавшимися волнами.

Бряка отчаянно вскрикнула и побежала вдоль реки до следующего мостика. И тут увидела пиратский корабль. Ветер забросил его в реку, и теперь он, изрядно побитый, раскачивался на волнах. Пираты — в основном это были матросы-альбатросы, хотя некоторые были настолько грязными и странно одетыми, что догадаться, кто они, казалось невозможным, бегали по палубе, скручивали канаты и спускали паруса. А несколько пиратов плыли к берегу в огромной шлюпке.

Бряка метнулась в кусты. И тут увидела, что на берегу пиратов ждёт маленький фиолетовый зверёк. Он размахивал чёрной сумкой и что-то кричал, но его голос терялся в рёве ветра.

Это был коварный злодей, обманщик и просто негодяй мышище Зыза, который наделал много гадостей.

Пираты долгое время никак не могли причалить к берегу, пока их не выкинула на мель большая волна. прямо перед Зызой. Пираты обступили Зызу, выставив перед собой кинжалы. Но тот не испугался, а, наоборот, обрадовался и стал что-то пронзительно пищать.

В шуме ветра и разбивающихся о берег волн Бряка не понимала ни слова.

Набравшись храбрости, она подползла через кусты поближе.

— Я вам помогу! — вопил Зыза. — Только со мной вы сможете ограбить весь город! Я знаю тут каждого. А за это я попрошу совсем немного: отвезите меня на Обезьяний остров, в Кошмарское море, и вы страшно разбогатеете!

— Бесстыжий нахал! Грабить наш город! — не выдержала белка и, выпрыгнув из своего убежища, накинулась на Зызу: — Я тебе покажу! Я всё расскажу да Винчи! Ух, что он с тобой сделает! И вы тоже, пошли вон из нашего города!

— А мы чего? Мы — ничего! У нас корабль сломался, — пираты опешили и опустили оружие. Они с интересом посматривали то на Зызу, то на ругающуюся и подпрыгивающую от гнева белку.

— Схватить мерзавку! — вдруг скомандовал Зыза и цапнул Бряку за хвост. — Она испортит нам все планы, сломает карьеру и истратит все ваши деньги! Хотите быть придворными короля?

— Да! Хотим! — не задумываясь, согласились пираты. Каждый из них мечтал об этом с детства.

— Хватайте её! Это вам приказываю я — король обезьян! Тащите пленницу на корабль и слушайте меня!

Пираты накинулись на Бряку и, крепко схватив её за лапы и хвост, потащили на свой корабль.

— Отпустите! Вы не имеете права! Я верноподданная Звериного города! Меня будут искать! Меня уже ищут! Я требую самолёт! — брыкалась белка. — Я имею право хранить молчание!

Как только они оказались на палубе, Зыза забрался на капитанский мостик, натянул какую-то шляпу и пронзительно запищал:

— Пираты! Я знал, что однажды встречусь с вами, потому что давно хотел попасть на Обезьяний остров. И вот судьба послала мне вас!

— Но Обезьяний остров находится в Кошмарском море! — заголосили пираты. — А нет ничего страшнее и опаснее! Про него ходят легенды, будто там живёт чудовище, а само Кошмарское море окружено ужасной впадиной, перебраться через которую не удавалось никому.

— Ах, вот ты что задумал! — пуще прежнего рассвирепела Бряка. Её держали за лапы два альбатроса. — Я сейчас убегу и расскажу всё коту да Винчи, а он уж придумает, что с вами сделать! Отпустите меня!

Зыза сверкнул глазами. Большая волна попыталась смыть его за борт, но злодей словно прирос к кораблю.

— Прекрасная идея! Пираты, я знаю, как мы доберёмся до острова! Белку — в трюм! Всех остальных — на палубу! Отныне и навсегда! Сегодня и каждый день! Я — ваш капитан, король обезьян, а вы — мои верные акулы! Мои преданные морские ежи и просто каракатицы!

— А как же я? — удивился бывший капитан — пройдоха морской волк.

— А ты сразу же опять станешь капитаном, как только вы меня высадите на Обезьяний остров и все мы страшно разбогатеем, — тут же нашёлся Зыза.

— О! О! О! — выразили свои чувства пираты.

— Я от вас требую только одного: беспрекословно выполнять мои команды и выучить список с моими требованиями! И мы в считанные дни, а может, даже месяцы, окажемся там, где мне надо, когда мне надо и зачем мне это всё надо! Для завершения моего коварного плана осталось совсем чуть-чуть!

И Зыза щёлкнул хвостом.

— Ну уж нет, я никому не позволю обижать да Винчи! — разозлилась Бряка и так пнула альбатроса, что тот от боли запрыгал на месте.

— Ты что делаешь?! — закричал на него второй альбатрос, от негодования взмахнув крыльями, и его тут же подхватило ветром и унесло на берег.

Белка, воспользовавшись замешательством, оттолкнула державших её пиратов, прыгнула к Зызе и натянула ему шляпу на глаза, заодно наступив на обе лапы.

— Вот тебе! Получай! Ненавижу пиратов! Ничего у вас не выйдет!

Бряка так разошлась, что принялась сдирать пиратские паруса и топтать их лапами.

Альбатросы испуганно сбились в кучу. Один пират прыгнул за борт.

— Чего вы встали, бестолочи! Ловите белку! Иначе она выдаст нас! — заорал Зыза, сорвав шляпу.

Пираты опомнились и, опрокидывая бочонки, кинулись за белкой. Белка подпрыгнула, ловко перескочила с реи на рею, повисла на канате и уже собиралась прыгнуть в бушующие волны, как вдруг канат оборвался, и она, проломив в палубе дыру, упала в трюм.

Пираты обступили отверстие, вглядываясь в темноту.

— Вот и молодец! — обрадовался Зыза. — Сама в трюм прыгнула! Заприте её там хорошенько! Нам эта белка очень нужна!

Пока пираты выполняли его приказание, Зыза достал из сумки бутылку, а из бутылки бумажку, на которой было написано:

Оставайся, милый, с нами! Будешь нашим королём!

Остров сильно управляемых обезьян

P. S. Мы шлём уже 25-е послание, но никто не приезжает!

Наш адрес: Кошмарское море — самая середина. Обезьяний остров. Племя Трям-тряшки.

— На этот остров каждый хочет! — пробормотал Зыза и, перевернув бумажку, накорябал ответ:

Обезьяны! Хватит писать! Я уже еду!
Король Зыза

Потом Зыза, аккуратно скрутив послание, запихнул его обратно в бутылку и кинул её в воду.

Теперь королю Зызе осталось только одно: добраться до Обезьяньего острова и не пропасть в Кошмарском море, славящемся своими чудовищами и непредсказуемой погодой. А дальше он уж придумает, как использовать глупых обезьян!

Вдруг Зыза насторожился. На берегу он увидел камень, сильно напоминающий панцирь.

— Пираты! Смотрите! — заверещал Зыза. — Это черепахыч Савви! У него на спине сейф кота да Винчи! Хватайте его!

Глава 2.
Кража века

Я — сова! Большая птица!
Даже мышь меня боится!

К утру буря улеглась так же внезапно, как и разразилась: просто вдруг ветер прекратился, волны успокоились и деревья перестали раскачиваться. Так что утром о ней никто и не вспомнил. Но самое загадочное — никто не заметил пиратский корабль, будто его и не было.

Звери, перескакивая лужи, со всех лап спешили к древо-особняку, где жила знаменитая писательница, графиня старого дуба сова Угуха.

— Ура! Ура! Ура! Свершилось! Настали великий час и великая минута! — крикнула в микрофон курица Кудаха, весело подмигивая то одним глазом, то другим. — Сегодня в 12 часов дня около дома Угухи собрались толпы почитателей её таланта! До выхода в свет нового творения «Кот да Винчи. Нашествие лунатиков» осталось всего две минуты! Что

Ого!!

ВАУ!

таится в новом произведении? Что скрывается под обложкой? Наконец-то мы узнаем всю правду о нашествии лунатиков и злодейском заговоре! Это настоящий праздник!

Как стало известно, выход книги грозит обернуться большим скандалом, так как откроется вся правда о злодеях и кому-то сильно не поздоровится. Кто этот злодей? Как попасть на Луну и пообщаться с гениями? Вот в чём загадка!

Звери понаехали со всей округи, было здесь даже несколько иностранцев-пингвинов, ни слова не понимающих по-звериному, но очень любящих массовые сборища.

Совиные поклонники поскуливали от нетерпения, некоторые впопыхах пытались дочитать предыдущую книгу «Кот да Винчи. Ограбление банки», чтобы быть в курсе последних событий.

— Я очень люблю Угуху! У неё отличный вкус! — восхищалась старая лошадь Чага. — Я заядлая читательница: читаю всё, что мне попадается под копыта!

— А я вообще книг не читаю! — гордо заявила мошка Жужжа. — Я их нюхаю и ем!

— Да-да! — поддержал разговор медведь Шатун. — А ещё из книг можно делать носовые платки. На неделю хватит!

Но тут в толпе послышались радостные возгласы, многие звери стали прыгать, пытаясь разглядеть, что там впереди происходит, а Кудаха свалилась под камеру. Мошка Жужжа от радости укусила Мурзавку за хвост, но та даже не заметила.

На крыльцо древо-особняка вышел главный герой всех книг совы — кот да Винчи.

— Здравствуйте, друзья! Вообще-то речь о нашей писательнице должна была сказать белочка Бряка, но она где-то задерживается. Поэтому всё самое важное скажу я!

— Ура! — закричали звери. К коту подскочил очень маленький зайчонок в костюмчике от Кроликова и подарил букет оранжевых роз.

Три мышонка, крутящиеся около лестницы, радостно запищали. Это были первые помощники кота — сыскные мышаки Пик, Чуча и Бубуша, которые также являлись и его лучшими друзьями.

Да Винчи, заглушая возгласы, продолжил:

— Не буду тянуть! Вы все меня знаете и знаете, что я гений! Поэтому о себе — ни слова. Все слова — о книге, в которой написано, что я не только гений, а ещё и герой!

— Ура! — закричали все, и к коту снова подскочил зайчонок и подарил ещё один букет, принесённый для Совы.

Кот радостно подхватил букет и ещё громче закричал:

— Сейчас мы увидим нашу драгоценную писательницу! Ура! А потом каждый сможет взять в подарок себе и своим друзьям книжки с моими автографами! Потому что я не просто гений, а ещё и ваш друг!

Стрелка часов на древо-особняке скакнула на число 12, и кот широким жестом торжественно открыл дверь. Но там никого не было! Повисла напряжённая тишина. Только слышно было, как зайчонок обдирает клумбу, собирая новый букет.

— Мы все ждём сову, но её нет! — засуетилась Кудаха, поднявшись на ноги и пытаясь как-то заполнить паузу. И тут очаровательно улыбнулась: — В свободное от чтения книг время читайте мою газету «Куриная правда»!

— Где же наша писательница? — загадочно улыбнулся кот. — Вероятно, они вместе с белочкой Брякой ждут, когда мы их позовём! Ну-ка крикнем громко: «Угуха! Бряка!»

КУРИНАЯ ПРАВДА

ЭКСТРЕННЫЙ ВЫПУСК!!!

Кража века! Катастрофа!

У совы Угухи украли новую книгу! Это настоящий удар для всех её поклонников и огромная радость для нашей газеты! Только у нас вы сможете узнать самые свежие новости о поисках бесценной рукописи!

Потрясная новость! В Зверином городе открылся первый в мире Клуб любителей покататься на чужой шее. Клуб проработал 1 час, после чего был до основания снесён желающими покататься. Ещё долго по руинам бродили опечаленные звери в надежде найти хоть какую-нибудь шею. Они и сейчас там.

Читайте наши новости, и вы первыми узнаете об открытии нового Клуба и сможете первыми туда записаться!

Курица Кудаха

ЧАСТНОЕ ОБЪЯВЛЕНИЕ

Я — герой! Я — молодец! Я — добрый парень!
Мышище З.

— У-гу-ха! Бря-ка! — закричали все.

И тут появилась сова в красивой синей шляпе и длинном розовом шарфе. В полной тишине она угрюмо обвела толпу взглядом и, внезапно содрав шарф, швырнула его на пол.

— Что-нибудь не так? — забеспокоился кот. — Бряка не пришла?

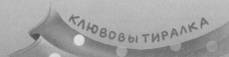

— Мой шедевр украли! — крикнула сова с таким видом, будто подозревала всю толпу почитателей. — Гениальную книгу похитили! Это ужасно! Я этого не перенесу! Я искала везде: в шкафу, в шкатулке, в ванной, даже в мусорном ведре посмотрела! Нигде нет! Шедевр похищен! Не осталось ни одного экземпляра!

Певец-скворец Дзынь, чья фотография была напечатана на последней странице книги, грохнулся в обморок прямо на суслика Шмутца. Кто-то горько зарыдал. Мошка Жужжа громко сглотнула слюну.

— Кошмар! Трагедия! Ужас! — послышалось со всех сторон.

Я важная птица — издатель,
Великих шедевров создатель!
Я птица большого полёта,
Почётна такая работа!

Ума, как известно, палата!
К тому же большая зарплата.
Ну как мне, сове, не гордиться?!
Я всё-таки важная птица!

ЛЮЛИ-ЛЮЛИ, УКРАЛИ!

КАРАУЛ! ПИРАТ!

РАЗУКРАСЬ МЕ

Глава 3.
Лови пирата!

Какая потеря
Для каждого зверя!
О, ужас! О, ужас!
И просто кошмар!

(Рифмы нет, зато — правда!)

Расстроенные исчезновением книги, звери ничего не замечали вокруг себя. Один тощий зверёк от горя принялся выдёргивать доски из забора и аккуратно складывать их в тележку.

Бух!

Шмяк!

Сова перестала ныть и покосилась на кота:

— Да Винчи! Ты же гений! Неужели ты оставишь меня вот так — на крыльце, без книги, славы и денег? Я уже, считай, одной лапой на улице!

Сыскные мышата стали всхлипывать, а Чуча посмотрела на кота и жалобно пропищала:

— Давай поможем Угухе, вон она как плачет!

Кот поднял лапу вверх, привлекая внимание, и, когда все замолчали, сказал:

— Ну конечно, если уж вы так просите, я помогу сове! Потому что друзьям я помогаю всегда! Не плачьте, звери! Успокойся, сова! Не всё потеряно! За дело берусь я со своими сыскными мышаками, а значит, не успеет сова и глазам моргнуть, как книга вернётся к ней в крылья!

Угуха тут же усиленно заморгала, но ничего из этого не вышло — книга не появилась.

— Ну, это я в переносном смысле, — поправился кот. — Я срочно берусь за расследование, и все, кто может назвать себя свидетелями, для помощи следствию должны дать показания моим помощникам!

Звери засуетились, всем захотелось дать показания и помочь следствию. И никто не заметил,

АНКЕТА СЫЩИКА

ЗАПОЛНИ АНКЕТУ И РАСКРОЙ ПРЕСТУПЛЕНИЕ

НАРИСУЙ СЕБЯ

1) _____
ИМЯ, ТАЙНОЕ ПРОЗВИЩЕ

2) _____
ЛЮБИМЫЙ ПЕРСОНАЖ

3) _____
САМЫЙ ПЛОХОЙ ЗВЕРЬ

_____
ЧТО БЫЛО ПОХИЩЕНО У ЗВЕРЕЙ???

_____
ЧТО МОГУТ ПОХИТИТЬ У ТЕБЯ?

_____
КУДА ТЫ ЭТО СПРЯЧЕШЬ???

_____
КТО ХОЧЕТ БЫТЬ ПИРАТОМ?

_____
КОГО ТЫ ПОДОЗРЕВАЕШЬ?

_____
КТО ВИНОВАТ ВО ВСЕМ

_____
КТО НЕ ВИНОВАТ СОВСЕМ

_____
ПОДПИСЬ   ДАТА

ТАЙНА

СЕКРЕТ

НАРИСУЙ ПРЕСТУПНИКА

ДОКУМЕНТ

ОЧЕНЬ ВАЖНЫЙ СЕКРЕТНЫЙ

как на дороге появился самокат. Поднимая облако пыли, он со страшной скоростью нёсся прямо в толпу. На самокате раскачивалась корзина. Время от времени из неё появлялась зелёная лапа и отталкивалась от земли.

Лишь только когда самокат влетел в ворота и из корзины послышались крики, звери испуганно шарахнулись в стороны.

Раздался грохот. Самокат со всего размаху врезался в дерево. Корзина кубарем покатилась по газону и не успела остановиться, как из неё показалась голова черепахыча Савви.

— Прячьтесь! Разбегайтесь! — крикнул он.

— Это ещё зачем?! — возмутилась сова. — Сначала книгу найдите, а потом в корзинах отсиживайтесь!

— Вы не поняли! — черепахыч высунулся по пояс и тут же снова спрятался.

Острые глаза кота да Винчи сразу заметили, что на Савви нет панциря. Того самого панциря, в котором хранились алмазы. Черепахыч его никогда ни снимал!

— Спасайся, кто может! Беда! В нашем городе появились пираты! Они украли мой панцирь! Они украли рояль скворца, ящики с подтяжками суслика Шмутца и ещё много чего! Они похитили книгу совы! Но главное — они захватили в плен белочку Бряку! Пираты в городе! Пираты везде! Пираты среди нас!

СОВА УГУХА
КОНЕЧНО Я
МЫШЬ!
МОЯ КНИГА
МОИ ДРАГОЦЕННОСТИ
Я ИХ СЪЕМ

— А-а-а! — заорали звери и, забыв о показаниях, бросились наутёк, перескакивая друг через друга. Ёж Агась попытался залезть в корзину и очень удивился, когда его туда не пустил Савви.

— Пираты? Я не звала никаких пиратов! Мне не нужны никакие пираты! — заорала Угуха, вцепившись в кота. Сыскные мышаки в ужасе заметались под лапами у да Винчи. Мимо проскочили суслик Шмутц со скворцом Дзынем и заперлись в доме, громко хлопнув дверью. Птицы тучей взмыли в небо и разлетелись кто куда. Одна только Кудаха что-то радостно орала в микрофон.

В считанные секунды около древо-особняка почти никого не осталось — лишь Савви, кот, мыши да Угуха. И ещё какой-то фанат пытался отодрать поперечную доску от забора. Сова решила, что он пытался взять себе хоть что-нибудь на память о знаменитой писательнице.

Только помятая трава и куча фантиков говорили о том, что здесь только что была целая толпа народу.

Кот да Винчи подскочил к Савви, пытавшемуся спрятать под себя и задние и передние лапы сразу.

— Какие пираты? Где Бряка? Говори всё как есть!

— Пираты Кошмарского моря! — перекувырнулся в корзине Савви. — Бедная Бряка! Её поймали, я не смог их одолеть! Панцирь тяжёлый, трава в лапах путается, мысли текут медленно, да тут ещё случайно в дерево уткнулся, и, пока сообразил, что нужно ползти в другую сторону, пираты сорвали с меня панцирь и смылись.

— Когда это всё случилось? — спросил кот.

Черепахыч спрятал голову в корзину и оттуда крикнул:

— Вчера вечером! Была страшная буря, а они с меня панцирь содрали! Я за камень спрятался, а они подумали, что я убежал. И всё видел! Как они книги тащили, рояль. Только когда стемнело, осмелился выйти из своего убежища. Пока я корзину нашёл, пока самокат раздобыл — утро и наступило! Вот только сейчас до вас добрался! Ужас! Пираты где-то рядом! Ищут новую добычу! Крадут всё подряд!

Мыши испуганно запищали, оглядываясь. Чуча вдруг замерла, так широко открыв рот, будто хотела проглотить дверь.

— Смотрите, пират! На нём тельняшка, значит, он пират!— заорала Чуча, указывая розовой лапкой на подозрительного зверя, сосредоточенно укладывавшего палку в тележку. — Значит, это он похитил белочку Бряку! Теперь он ворует забор! Лови его!

Зверёк вытянулся и, взглянув на сову, испуганно чихнул. У него был тощий хвост, уши, похожие на мятые лопухи, и настолько огромная тельняшка, что казалось, она досталась ему в наследство от слона.

— Стой! — в одно мгновение гениальный кот оказался рядом.

— А-а-а! — заорал зверёк, уронил палку себе на лапы и ещё громче завопил: — А-а-а!

— Он вор! — закричали мыши. — Он украл палку! Преступник!

— Ты кто такой и что здесь делаешь? — крикнул да Винчи.

Зверёк запрыгал на одной лапе, морщась от боли. Он был такой худой, будто всю жизнь питался одними макаронами.

— Я тот, кто надо! Я — карамельная крыса! Я тут ничего не делаю! Я тут собираюсь корабль строить! — завизжал зверёк необычно писклявым голосом и хотел чихнуть, но у него не получилось, поэтому он просто хлюпнул носом.

— Космический? — спросила Чуча.

— Морской! — жалобно сказал зверёк, подобрал палку и, прижав её к себе, на всякий случай ещё раз хлюпнул.

— Не путай нас, тут нет никакого моря!

— Ну, я сначала корабль построю, потом я море вырою. А потом я...

— Лови его! — заорала Угуха, подбегая и размахивая крыльями.

Мыши шарахнулись в сторону.

Зверёк выпучил глаза и заорал что есть силы:

— Это ещё кто?! Я никого не звал! Я напуган! Мама! — и метнул в сову палку. — Где тут вода? Мне нужно много воды! Мне нужно в воду!

Сова еле увернулась, палка со свистом пролетела мимо и стукнула по голове Савви. Зверёк схватил тележку и, отчаянно чихая и хлюпая, кинулся прочь.

— Стой! — закричал кот, но в него вцепилась Угуха.

— А ты куда? Сначала книгу мою найди, а потом за крысами гоняйся! Хищник!

— Отпусти нашего кота! — накинулись мыши.— Он не хищник! Он — молодец!

Кот вырвался из объятий совы и бросился за зверьком, который, разогнавшись, вскочил на тележку и, подняв лапы, стал ими странно махать, что-то изображая. Сове показалось это страшно обидным.

— Ура! Погоня! Лови его! — радостно запищали мыши, перепрыгивая через клумбы.

Кудаха вырвала у своего оператора телекамеру и громадными скачками помчалась следом.

Сова подпрыгнула на месте, сбегала домой подкрасить клюв и побежала за всеми.

С тех пор как в Зверином городе появились пираты, прошло всего несколько минут. А уже изо всех телевизоров и радиоприёмников только и говорили, что о пиратах. Вот, например, что писала известная газета «Куриная правда»:

ЧЕНЬ КУРИНАЯ ПРАВДА, ДА!

СОВЕТЫ ДЛЯ ЛЮБОПЫТНЫХ

Для того чтобы пират не проник в ваш дом, нужно взять килограмм гуталина, керосина, клея, пластилина и самой грязной глины. Перемешать это всё в банке и обмазать ваш дом снаружи и изнутри. И ни один пират к вам не сунется.

Чтобы узнать, есть ли среди ваших друзей пираты, нужно подойти ночью к ним под окно и громко крикнуть: «Полундра! Аврал! Корабль тонет!» Если ваш друг с перепугу выпрыгнет вам на голову, значит, он пират.

Для того чтобы найти пиратов, нужно построить огромный корабль, нагрузить его золотом и драгоценными камнями и выйти в море. Пираты сразу появятся: вы сможете найти их возле своего корабля или даже на своём корабле.

Для того чтобы узнать, пират вы или нет, посмотрите вокруг: если вас окружают страшные, облезлые, ничего не понимающие личности, значит, это пираты. А пираты общаются только с пиратами. Делайте вывод!

ЗВЕЗДА ГАЗЕТ,
СУПЕРЖУРНАЛИСТКА
КУДАХА

Глава 4.
Послание

Как в романе, как в кино,
Убегу я всё равно!
Как в кино и как в романе,
Ты найдёшь меня едва ли!

Бряка очнулась в тёмном чулане для вёдер и метёлок.
«У меня что-то с головой!» — подумала белка и нащу-
пала огромную шишку между ушами. «Вот это прыжок!
Ещё парочка таких полётов, и я стану носорогом».

ЗДЕСЬ
БЫЛ
ЗЫЗА

МУС

КАША

Белка почесала шишку и поднялась. И вдруг так разозлилась, что схватила ведро и принялась им колотить в дверь:

— Выпустите меня! Немедленно! Я всё расскажу коту да Винчи! Он меня спасёт, а вам всем не поздоровится! Меня ещё мыши спасут и очень колючий ёж!

Бряка кричала изо всех сил, но её никто не слушал. Бедная белочка осталась одна в темноте. Она села на корточки и горько заплакала.

А тем временем Зыза отдал ещё одно приказание пиратам, и они друг за дружкой стали спускаться на берег.

Но Бряка недолго просидела в чулане. Почти сразу пришли два пирата и с огромным трудом запихали её в небольшой шкаф, который Зыза украл у суслика Шмутца. Шмутц хранил в этом шкафу подтяжки, поэтому там было очень тесно, а дверцы закрывались на большой засов, который собственнолапно запер Зыза под возмущенные Брякины возгласы.

— Попробуешь прогрызть дыру, посажу тебя в другой шкаф! — прикрикнул Зыза. — Эй! Матросы! Отнесите шкаф к остальным вещам! Настало время отомстить коту да Винчи!

Пираты подняли шкаф и так долго таскали с места на место, что у Бряки закружилась голова.

— Спасите! Помогите! Я не хочу сидеть в шкафу, среди подтяжек! Я требую позвать моего адвоката! Я требую переговоров! Я требую мешок орехов! — орала Бряка до тех пор, пока у неё не пересохло в горле.

Наконец шкаф поставили, но вот куда, Бряка понятия не имела: может, его отнесли в трюм, а может, привязали к мачте. Но одно белка знала твёрдо: шкаф не сгрузили на сушу, так как она чувствовала качку.

Матросы загоготали, и белка отчётливо услышала хлопанье крыльев, и постепенно голоса пиратов стихли.

Бряка навострила уши. Слышно было, как совсем близко плещутся волны.

— Эй! Есть тут кто? Эй! Не оставляйте меня одну! Я боюсь!

И тут в дверцу что-то сильно стукнуло.

— Сиди тихо! — крикнул Зыза, прыгая на одной лапе. Вторую он только что больно ушиб. — Я рядом, и если ты будешь мне мешать, то я не буду тебя кормить!

Тут у Бряки возникла идея. Она стукнула лапой по двери и крикнула:

— Я есть хочу! Если мне сейчас же не принесут еды, я сгрызу шкаф до ножек, а потом укушу тебя!

— Ха-ха-ха! — отозвался злодей. — Ты что, и вправду думаешь, что у меня один шкаф? Да у меня их тысячи! Я тебя, конечно, покормлю, но вовсе не потому, что боюсь твоих зубов. Просто я боюсь, что ты похудеешь настолько, что станешь похожа на змею, и тогда какой от тебя прок?!

Белка услышала, как Зыза отпирает шкаф.

Как только он открыл дверь, белка, подскочив, бросила в Зызу охапку подтяжек и попыталась выскочить наружу. Но Зыза с перепугу швырнул в Бряку миску с орехами и захлопнул шкаф. Бряка ничего не успела сделать.

КУРИНАЯ ПР

экстренный выпуск

Белка Бряка похищена кровожадными пиратами! Кто спасёт несчастную пленницу? Кто решится на такой подвиг?

В Дульской области найдена сорокачетырёхножка. При ближайшем рассмотрении оказалось, что сорок ног у неё собственные, а ещё четыре ноги — от стула, которые сорокачетырёхножка несла на свалку. Позже по дороге со свалки была обнаружена трёхколёсная стосорокапятиножка. Но она так быстро умчалась, что рассмотреть её ноги нашим корреспондентам не удалось.

Курица
Кудаха

КАРТА ДУЛЬСКОЙ ОБЛАСТИ
ДУЛЬСКАЯ ОБЛАСТЬ
ДОМИКИ
СЕЛО СОЛОМКИНО
МОСТ
РЕКА БЯКА
СЕЛО

Глава 5.
Настоящая погоня

Я готов чихать всегда —
На зверей и провода,
На корову, на енота,
И на вас чихать охота!

Жалоба на здоровье

— Пчхя! Пчхя! — неслось по округе. Тележка с непонятным зверьком выкатилась за ворота и уже мчалась по склону сквозь кусты к реке. Кот бежал следом, крича что есть силы:

— Останови тележку! Мне нужно тебя допросить! Кто ты такой?

— Пчхя! — гордо ответил зверь.

— Стой, кому говорю!

— Я не могу остановиться! У каталки нет якоря! У каталки ничего нет! Я разобьюсь о рифы!

Тележка подкатилась к обрыву и сорвалась вниз.

— Пчхя-я-я! — что есть дури завопил зверёк, кувыркаясь в воздухе.

Раздался оглушительный всплеск, и тележка ушла под воду. По реке пошли круги.

— Кошмар! Трагедия! Ужас! — столпились у обрыва мыши. — Он утонет! Утонет!

— Главное, чтобы у него в телеге не было моей книги! — деловито сообщила сова. — Забор культурной ценности не имеет.

Кот, не раздумывая, бросился в воду. Тут же рядом с ним всплыла тележка, куда вскарабкался мокрый зверёк и, цапнув из воды палку, быстро стал ею грести прочь от кота.

Да Винчи, фыркая, поплыл следом.

— Смотрите! Это ещё что за громадина?! — запищала Чуча.

У противоположного берега качался на волнах покосившийся корабль. Он был так поломан, что казалось чудом, что он ещё держится на плаву. Паруса не развевались на ветру, как это принято у нормальных кораблей, а свисали, как ободранные серые тряпочки. В борту зияла дыра, сильно напоминающая старательно обглоданную мышиную нору, мачты торчали в разные стороны. Но, несмотря на столь потрёпанный вид, было видно, что раньше у корабля был весьма весёлый хозяин, который выкрасил своё судно в самые удивительные цвета: хотя краска тоже сильно облупилась, можно было различить оранжевую палубу, красную корму и ярко-голубой нос корабля.

— Вот это да! — пробормотал Бубуша.

Тем временем тележка подплыла к борту, и зверёк, схватившись за якорную цепь, ловко полез вверх.

— Скорее на тот берег! — запищали мыши и побежали к мосту. Сова побежала за ними, забыв, что проще было бы перелететь реку.

Возле поскрипывающего трапа стоял странный серый зверь, одетый так ярко, словно собирался пойти на карнавал: большая красная шляпа, до того обильно утыканная цветами, что напоминала клумбу, рваный жёлтый камзол и зелёные штаны. Из-под шляпы высовывался волчий нос.

Волк длинной кисточкой пытался красить трап, но получалось у него плохо. Краска размазывалась неравномерно и капала в воду.

— Ещё один пират! — догадалась Угуха и, раскинув крылья, бросилась к зверю.

Волк схватился за шляпу и закричал:

— Я не пират! Я — самый надёжный мореплаватель! Я расскажу вам всё!

Тем временем кот да Винчи, воспользовавшись тем же способом, что и карамельная крыса, взобрался на палубу. Он чуть не провалился в дыру и, отряхнув шерсть, стал оглядываться. Никого не было. Лишь трепетали паруса, скрипела мачта и подрагивала бочка.

Кот улыбнулся и, сделав два осторожных шага, постучал по бочке:

— Эй, выходи! Я тебя догнал!

Бочка немного помолчала и вдруг громко чихнула:

— Пчхя! Меня тут нет! Меня вообще нигде нет! Уходи, злой посланник фиолетовой мыши, иначе я нашлю на тебя морское чудовище! Пчхя! Два чудовища! Пчхя! Пчхя!

Кот откашлялся и важно сказал:

— Я — гениальный кот да Винчи! И никакой не посланник фиолетовой мыши! Я расследую кражу книги и похищение белки. Признавайся, чей это корабль! И где пираты?

Из бочки высунулась дрожащая узкая морда и всхлипнула:

— Я ничего не знаю! Я карамельная крыса! Я хороший! Я хочу обратно в море! Пираты уплыли на другом корабле! А этот сломали. Я искал доски, чтобы починить корабль. Я старался! Я — молодец! А ты меня напугал. Ты не молодец, ты — морская каракатица! Пчхя!

И он снова спрятался в бочке.

Раздался топот: по трапу на корабль взобралась Угуха, волоча за шкирку волка, который улыбался так, будто его не волокли как мешок, а несли на подушечке. За ними бежали мыши.

— Ах ты пират! Где моя книга?! — толкнула волка сова.

— Пчхя! — затряслась бочка.

— Ну! Немедленно повтори всё то, что ты только что рассказал внизу! — встряхнула волка Угуха.

— Я — морской волк! — крикнул волк. — А в бочке мой товарищ — карамельная крыса Робин Зонт!

Из бочки донеслось:

— Да! Меня правда так зовут! Робин Зонт! Пчхя! А он правда морской волк! Он — первооткрыватель Кошмарского моря! Он — молодец! Пчхя! Все знают о великих открытиях Светофора Клумбы!

— Правда? — удивился кот.

— Да! Я — Светофор Клумба! — подтвердил морской волк, гордо поправив шляпу. — Я — знаменитый мореплаватель! У меня есть корабль и матрос. Поэтому

НАЙДИ ДВЕ ОДИНАКОВЫХ ТЕНИ ПОПУГАЯ

я у всех вызываю доверие. Это ничего, что корабль сломан, а матрос — карамельная крыса, зато у меня был ещё сухопутный попугай Курун. Но он дерзко пугал нас, изображая крики пиратов, а после того как этот негодяй стал отдавать команды моим голосом, пришлось выбросить его за борт. Ведь я — самый справедливый капитан и никому не позволю нарушать морские традиции!

— Пчхя! Пчхя! Пчхя! — подтвердил Робин Зонт Крыса.

Вспыхнула фотокамера. Курица Кудаха, взобравшись на палубу, сфотографировала морского волка, карамельную крысу, сову и несколько раз себя. Но всем было не до неё.

— Какой кошмар! И что, он утонул? — ужаснулась Чуча.

— Почему утонул? Улетел! А потом нагло кружил над палубой, обзывая меня морской коровой и угрожая рассказать всем, что я храню над топором, то есть под компасом, — быстро поправился Светофор Клумба и серьёзно добавил: — Потом этот неблагодарный пернатый друг свил себе гнездо на мачте и кидается оттуда водорослями. Он и сейчас там сидит. Ждёт своего часа.

Все посмотрели наверх: на мачте и вправду было большое гнездо и кто-то в нём шевелился.

Кот да Винчи нахмурился и подошёл к Светофору Клумбе так близко, что наполовину очутился под его шляпой.

— Я чувствую, что ты что-то скрываешь, и это что-то — самое главное. Где пираты? Кто сломал твой корабль? Что вы вообще тут делаете, в крохотной речке, за тысячу вёрст от моря, если называете себя моряками? И самое главное: где белочка Бряка?

И да Винчи поглядел на Светофора Клумбу так сурово, что мыши восторженно запищали. Они очень любили, когда их гениальный кот распутывал самые сложные и опасные дела.

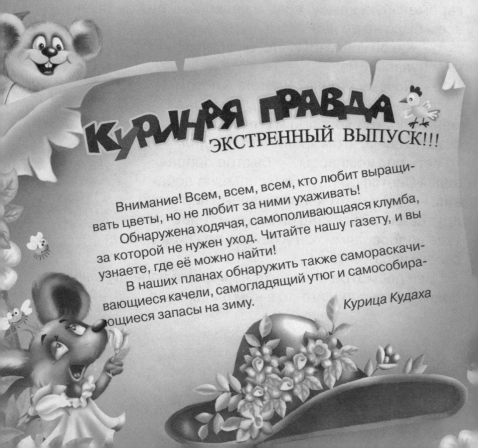

КУРИНАЯ ПРАВДА
ЭКСТРЕННЫЙ ВЫПУСК!!!

Внимание! Всем, всем, всем, кто любит выращивать цветы, но не любит за ними ухаживать! Обнаружена ходячая, самополивающаяся клумба, за которой не нужен уход. Читайте нашу газету, и вы узнаете, где её можно найти!

В наших планах обнаружить также самораскачивающиеся качели, самогладящий утюг и самособирающиеся запасы на зиму.

Курица Кудаха

Урок кота да Винчи

РЫБА-ЗАЯЦ

Нарисуй меня!

Рисуем морское чудовище

1 Круг

2 Глаза

3 Улыбка

4 Зубы

5 Лапа

6 Огонёк Ещё лапы

7 Много лап

8

Глава 6.
Во всём виноват ОН!

Ураган, девятый вал...
Я такое, брат, видал!
Я летал по небесам!
Я себе не верю сам!

Отважный моряк

Морской волк Светофор Клумба прижал лапы к морде, трагически вздохнул и, расхаживая по палубе, начал рассказ:

— Вся эта страшная история началась несколько дней назад. Я и Робин Зонт Крыса — известные мореплаватели. Мы исследовали Кошмарское море, бороздили его на своём корабле «Бегущий по граблям». Как вдруг, не буду рассказывать из-за кого, на нас напали

пираты. Они захватили корабль. Мы попали в плен и не сопротивлялись. Уж если тебя поймали, то сиди и не дёргайся. Такая вот морская традиция.

— Чушь! — ухнула сова.

— Мы — хорошие моряки! Мы — самые умные моряки! Мы всегда соблюдаем традиции, — добавил Робин Зонт, выглянув из бочки.

Светофор Клумба вдруг подпрыгнул и, подбежав к бочке, со всей силы стукнул по ней кисточкой:

— Это я всегда соблюдаю традиции! А ты их нарушил! Это из-за тебя мы сейчас не поймёшь где, не поймёшь почему!

Карамельная крыса, спрятавшись как можно глубже, завизжал:

— Я случайно! Я запутался! Меня укачало, вот я всё и перепутал! Пчхя!

— Перестаньте паясничать! — прикрикнула сова. — Море, корабли, буль-буль-оладушки!.. Надоело! Я вас конкретно спрашиваю: где моя книга?

Волк гордо выглянул из-под шляпы:

— Про книгу мы ничего не знаем! Я читаю только судовые журналы и тетрадь с приметами. А Крыса знает всего несколько букв, да и то не самые популярные, и чихает на приметы! Сколько я ему говорил: не смотри за корму, не смотри, примета плохая, а он взял и посмотрел!

— Никогда такой приметы не слышал! — удивился да Винчи.

— Но вы никогда и в Кошмарском море не были. А мы были! Это самое страшное море из всех морей! Там водятся чудовища, а течение настолько странное, что меняется по нескольку раз на дню.

— И что случилось, когда он посмотрел за корму? — недоверчиво ухнула сова.

Морской волк припал к мачте и, горько вскинув лапы, крикнул:

— А то и случилось! Как только он туда глянул, нас захватили пираты, а потом он туда глянул второй раз, и море вздыбилось! Поднялись ужасные волны! Страшный ветер подхватил наш корабль и поднял в небо. Мы забрались в каюту и тряслись от страха. Лишь на следующий день корабль плюхнулся в вашу реку. Но это ещё не всё! Пираты очень рассердились! Мы думали, нам крышка, но тут нашёлся какой-то Зыза и предложил пиратам свой корабль в обмен на то, что они помогут ему добраться до Обезьяньего острова в Кошмарском море. Он хотел обмануть добрых обезьян и стать их королём. А пиратов сделать своими придворными злодеями. Пираты с радостью приняли его предложение, ограбили ваш город, взяли, по старому обычаю, заложницу и уплыли. Они украли у нас

ЧУДОВИЩА КОШМАРСКОГО МОРЯ

МОРСКАЯ
ЖАБА-
ПРЫГУНЬЯ

МОРСКОЙ ЁЖ

КРАБОНОЖКА

ОКОДИЛ УЖАСНЫЙ

МНОГОНОЖКА

КОЕ-КТО В КОРОБОЧКЕ

КРЮКУША
ЛАВУЧАЯ

НАРИСУЙ СВОЁ ЧУДОВИЩЕ

ОЛОВАСТИК
ДИКИЙ

морские карты, инструменты и продукты! И бросили нас здесь, на разбитом корабле!

— Но откуда у Зызы появился корабль?! — удивился да Винчи.

— Он его выточил собственными зубами — не знаю, правда ли это, но он так сказал. Что нам теперь делать с кораблём? Как жить? Что теперь будет? Вот что бывает из-за кое-кого, кто кое-когда, кое-где и не поймёшь, кое-зачем, посмотрел за корму!

— А что такое корма? — спросила Чуча.

— Корма — это задняя часть корабля. Не смотри за корму никогда! Как бы тебе ни хотелось — не смотри, и всё!

Чуча ужасно захотела обернуться и посмотреть за корму. Прямо лапы зачесались. Но сдержалась.

— Они уплыли, и теперь их никто не найдёт! — горестно сказал морской волк.

А Робин Зонт добавил:

— Тем более что теперь им будут служить обезьяны!

— Какие ещё обезьяны?! — рассердилась Угуха. Робин Зонт, подпрыгнув, заскулил и задёргал лапами. Все уставились на него.

— Это чудесные обезьяны! Добрые обезьяны! Ласковые обезьяны! — заверещал он. — Каждый хочет на их остров! Там всегда тепло! Там на пляжах золотой песок! Там горы из алмазов! Там повсюду валяются драгоценные камни, а из-под земли бьют фонтаны всех вкусов и цветов!

Светофор Клумба ни с того ни с сего завыл:

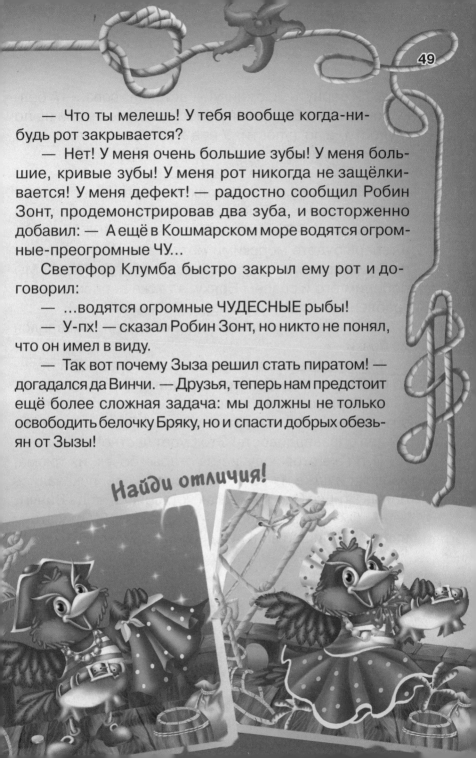

— Что ты мелешь! У тебя вообще когда-нибудь рот закрывается?

— Нет! У меня очень большие зубы! У меня большие, кривые зубы! У меня рот никогда не защёлкивается! У меня дефект! — радостно сообщил Робин Зонт, продемонстрировав два зуба, и восторженно добавил: — А ещё в Кошмарском море водятся огромные-преогромные ЧУ...

Светофор Клумба быстро закрыл ему рот и договорил:

— ...водятся огромные ЧУДЕСНЫЕ рыбы!

— У-пх! — сказал Робин Зонт, но никто не понял, что он имел в виду.

— Так вот почему Зыза решил стать пиратом! — догадался да Винчи. — Друзья, теперь нам предстоит ещё более сложная задача: мы должны не только освободить белочку Бряку, но и спасти добрых обезьян от Зызы!

Найди отличия!

— И вернуть мою книгу! — вставила сова. — А белку совсем не обязательно спасать! Её похитили не по глупости, а по тупости. У неё же ни денег, ни славы! Кому она нужна?!

— Нам! — запищали мыши.

— Итак, друзья, мы должны немедленно отправиться в путь! — кот подскочил к штурвалу и положил на него лапы. — Раньше вы были сыскными мышаками, а теперь будете морскими матросами. Мы сейчас же починим корабль и поплывём в погоню за Зызой! Мы победим его и спасём Бряку, а также вернём всё награбленное и проучим Зызу как следует!

— Ура! — закричали все, и Робин Зонт вывалился из бочки.

Мыши заплясали, сова восторженно заухала, только Светофор Клумба высоко поднял лапу и сказал:

— Торжественно передаю обязанности капитана знаменитому гению, коту да Винчи! Правь кораблём! Я — за справедливость! Это будет честно!

И тут же отовсюду, из-за старых бочек, из трюма, из люка и даже из-за обвисших парусов, показались белые птицы. Они не моргая уставились на да Винчи.

— Ой! — сказала сова. — Это ещё кто?! Откуда они взялись?! Пошли вон! Кыш! Кыш, безмозглые чайки!

— Это не чайки! Это мои матросы-альбатросы! — воскликнул Светофор Клумба. — Это моя команда! Они вернулись к нам! Теперь у нас всё получится! Ура! Без них я как без лап, а с ними, значит, как с лапами! Эй, альбатросы, теперь ваш новый капитан — кот да Винчи!

Альбатросы подскочили к коту и оживлённо стали его разглядывать. Один альбатрос даже достал бинокль.

— Здравствуйте, друзья! — сказал кот. — Обещаю, что, как только мы спасём белку, я верну управление кораблём Светофору Клумбе!

И морской волк кивнул, но, вдруг помрачнев, сказал:

— Только хочу предупредить вас заранее, чтобы потом не случилась беда: никогда, ни при каких обстоятельствах не смотрите за корму!

— Никогда! Никогда! — крикнули матросы и зажмурились.

— Мы не будем! — отчаянно пообещали мыши.

По крайней мере сейчас они были уверены в своих словах и даже не подозревали, как скоро нарушат это обещание.

И тут же (хотя, может быть, это было просто ничего не значащее совпадение) поднялся пронзительный ветер, и кто-то очень противно завыл на берегу.

КУРИНАЯ ПРАВДА

ЭКСТРЕННЫЙ ВЫПУСК!!!

ЗЫЗА СТАЛ ПИРАТОМ!

Это очень глупый поступок! И если кто-то думает, что пираты живут хорошо, то наша газета заявляет, что пираты ничего не делают, лентяйничают, болеют, дерутся и очень плохо выглядят.

Их всё время укачивает. Они сидят на корабле, без радио и телевизора, и никогда не играют в компьютерные игры.

Единственное, чем развлекаются пираты, — это пением без слуха и голоса, танцами на одной ноге и похищением красавиц с целью выкупа.

Питаются пираты рыбой и морскими водорослями. Причём (когда болеет кок) сырыми.

Иногда в приступах отчаяния пираты закапывают свои сокровища (чёрные метки, кружки и ножи), называют это «кладом» и рисуют карты. Но по картам ничего нельзя найти, потому что пираты очень тупые и совершенно ничего не понимают в географии.

От такой неинтересной жизни пираты всё время злятся и колотят друг друга кружками.

Только в нашей газете вы найдёте самую разнообразную информацию и самые различные мнения!

Курица Кудаха

Кот и его друзья быстро взялись за дело. Не прошло и трёх часов, как общими усилиями корабль был починен, а на его борту красовалось новое название: «Отважный».

Эх!

Кот встал на носу корабля, смотря в даль (именно так, по его мнению, должны поступать гениальные капитаны), и радостно крикнул:

— Итак, в путь, друзья мои! Но, перед тем как отправиться в плавание, нам следует взять с собой кое-какие вещи. Я ещё не знаю, зачем они нам нужны, но мой гениальный ум подсказывает, что они нам пригодятся.

Нужно взять: мыло, цветные мелки, колёса от самоката и фиолетовую краску.

Всё это мы положим в походную сумку и используем, когда настанет нужный момент. А ещё нам понадобится морская форма. А также надёжная команда, которую мы наберём в Зверином городе. Мне кажется, многие захотят принять участие в нашей экспедиции.

— Ура! — крикнули мыши.

— А когда мы вернёмся? — спросила Чуча и страшно смутилась.

— Мы вернёмся в день моего рождения! — пообещал кот.

Все очень обрадовались, хотя никто не додумался спросить у кота да Винчи, когда настанет этот самый день рождения.

Впереди отважных мореплавателей ждали волны манящего и загадочного Кошмарского моря. А что осталось позади, никто не знал. Потому что никто не осмелился поглядеть за корму. Примета такая.

„ОТВАЖНЫЙ"

БОРТОВОЙ ЖУРНАЛ

БРАВАЯ КОМАНДА ГЕРОЕВ:

1) Капитан (главный)	Кот да Винчи (суперкот, герой, гений, молодец)	
2) Юнга-1 (тоже молодец) 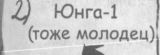	Мышонок Пик, правая лапа капитана	
3) Юнга-2 (тоже молодец-2) 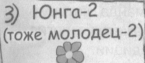	Мышка Чуча, левая лапа капитана	
4) Юнга-3 (тоже молодец-3) 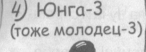	Мышонок Бубуша, хвост капитана	
5) Пассажир (вредный) 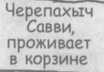	Сова Угуха, милая в общении, страшная в быту	
6) Ещё один пассажир 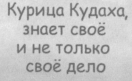	Черепахыч Савви, проживает в корзине	
7) Судовой корреспондент 	Курица Кудаха, знает своё и не только своё дело	

8) Боц-мЭн (никто не знает, что это значит, но звучит убедительно)	Скворец Дзынь, золотой клюв, серебряный голос	
9) Кок (то есть повариха)	Суслик Шмутц, всё, что попадает ему в лапы, будет продано или сварено	
10) Рулевой	Светофор Клумба (морской волк, вызывающий доверие)	
11) Штур-мЭн	Робин Зонт (карамельная крыса)	
12) Вперёд-смотрящий	Попугай Курун по прозвищу Пупок	
13-25) Матросы	Альбатросы разные	
26) Придумай себе должность	Впиши себя в команду	Нарисуй себя

Медведь Шатун, ёжик Агась, кошка Мурзавка и Анаконда в команду не попали по причине морской болезни.

Глава 7. Солёный ветер в морду!

Каждой крысе нравится,
Как она кусается.

То, о чём крысы
никому не рассказывают

Корабль кота да Винчи вышел из устья реки в Кошмарское море. Команда набралась хорошая. Почти все друзья согласились сопровождать кота и спасать белочку.

Мыши так радовались, что прыгали по палубе, словно мячики. Только альбатросы почему-то спрятались в трюм и ни за что не желали выходить.

Вдалеке на морской глади показалось что-то белое, и чем ближе корабль подплывал, тем больше Кот да Винчи удивлялся. Вода бурлила так, будто её кто-то кипятил, хотя пар не поднимался.

— Что это ещё за чудо?! — запищала Чуча.

Дзынь тут же вообразил, что началось кораблекрушение, и попытался запрыгнуть Шмутцу на плечи. Шмутц, зная привычки своего друга, быстро спрятался за сову, и Дзынь передумал. Светофор Клумба задёргался на месте, стал заламывать лапы и выть что-то невразумительное. Карамельная крыса прыгнул в бочку.

Традиции Кошмарского моря
(Кто не выполняет,
тот за борт попадает!)

1. Нельзя смотреть за корму!!!

2. Нельзя подозревать и догадываться!

3. Нельзя рассказывать о своих подозрениях и догадках!!

4. Нельзя отбирать у Светофора Клумбы шляпу!!

5. Нельзя ломать корабль! Никогда!!!

6. Нельзя разговаривать с попугаем!!!

7. _____ _____

_____ _____

_____

напиши
собственный
запрет!

Светофор
Клумба

100. Нельзя
спорить
с Совой!
Угуха!

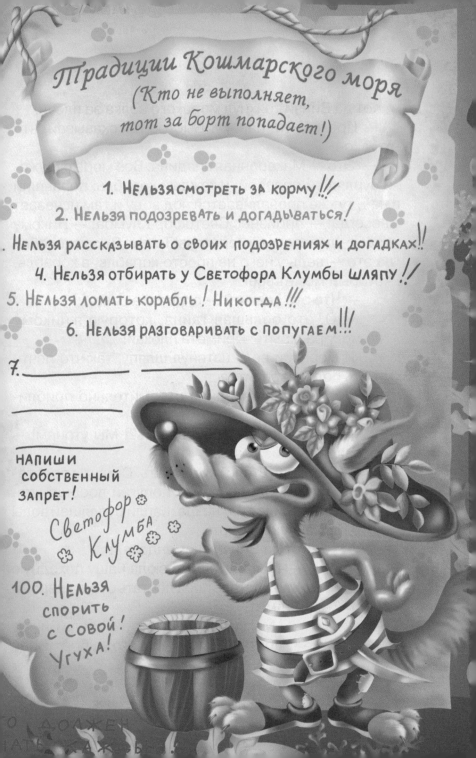

Кот да Винчи тряхнул морского волка за плечи:

— Прекратить панику! Быстро рассказывай, что это такое!

— Это — Макаронная впадина. Всё море окружено бурлящей полосой, и каждый корабль, попавший в неё, тут же проваливается под воду и там исчезает навсегда! — произнёс Светофор Клумба. — Никому ещё не удавалось её пересечь! Только Зыза способен на это — ведь у него не просто корабль, а корабль, который может всё!

— Что это значит? — спросила сова.

— О, это большая тайна, которую я никому не могу раскрыть! Примета плохая!

И морской волк натянул шляпу, так что почти весь под ней спрятался.

Макаронная впадина стремительно приближалась.

— Что делать?! Что делать?! Мы утонем! — раздалось из бочки.

Корабль стало покачивать. С мачты полетели пучки водорослей, а попугай вообще чуть не вывалился из гнезда. Капли бурлящей воды брызнули на борт.

Кот да Винчи скомандовал:

— Мыши! Тащите сюда нашу походную сумку! Настала пора достать оттуда первый предмет!

Мыши приволокли сумку, и да Винчи, достав мыло, кинул его за борт. Вода

сразу же забурлила сильнее, и в небо стали
подниматься мыльные пузыри.

— А теперь, друзья, снимайте паруса! —
скомандовал кот.

Звери полезли вверх по канатам, уворачи-
ваясь от водорослей попугая.

Под носом корабля бурлила и пенилась вода.
Переливаясь всеми цветами радуги,
поднимались в небо тысячи пузырей. Чуча открыла рот, любуясь,
как мимо пролетают её отражения, словно в каждом ша-
рике сидело по маленькой
мышке.

Кот велел связать кон-
цы парусов между со-
бой, так что из них полу-
чилось некое подобие
мешков.

— Теперь нужно
крепко-накрепко при-
вязать паруса узлами
к носу и бортам ко-
рабля!

Ничего не понимающий Шмутц принялся исполнять приказ. Альбатросы выглянули из люка и снова спрятались.

Светофор Клумба, хмурясь, наблюдал за действиями Шмутца, потом морда его просветлела, и он, схватив один парус, принялся разглядывать узлы, что-то пробормотал и скрылся вместе с парусом.

Вскоре паруса повисли на носу и бортах корабля, как пустые рыболовные сети. Робин Зонт, жмурясь, повесил один парус на корму.

— И что должно произойти? — не выдержала сова.

— Смотрите! — сказал кот.

И тут случилось чудо: мыльные пузыри наполнили паруса, и те взмыли над кораблём, как огромные воздушные шары. Корабль, слегка накренившись, стал подниматься над водой.

— Ура! — закричали звери, прыгая по палубе.

Пузыри были повсюду! Огромные! Разноцветные! Они щекотали носы и кружили вокруг, как пчёлы. Мыши прыгали и лопали их лапками. Дзынь от счастья влез на мачту и что-то пел, размахивая крыльями. Кудаха без конца щёлкала фотоаппаратом. Даже Савви выглянул из трюма, прикрывшись тазом и медленно оглядываясь.

Это было незабываемое зрелище! Корабль поднялся высоко над морем, так что вдалеке стали видны континенты и даже, казалось, вся Земля. Наконец «Отважный» поднялся так высоко, что пузыри стали один за другим лопаться, и корабль медленно опустился на воду с другой стороны Макаронной впадины.

Чуча смотрит за корму. Интересно — почему?

НАЙДИ 2 ОДИНАКОВЫХ ОТРАЖЕНИЯ!

НАЙДИ 10 КРАСНЫХ ПУЗЫРЕЙ!

НАЙДИ НЕИЗВЕСТНОГО ЗВЕРЯ!

НАЙДИ ОТРАЖЕНИЕ ЧУЧИ!

— Ура! — прокричали звери и принялись качать на лапах своего капитана. — Гений!

А потом стали отвязывать паруса и крепить их обратно к мачтам.

Вот тут-то и оказалось, что один парус пропал. Сова решила, что Шмутц плохо привязал его к борту и парус улетел вместе с пузырями.

— Ну ладно, так уж и быть! — сказала Угуха. — Ради того чтобы мы нашли книгу, я готова на всё! — и она отдала свою самую роскошную юбку, из которой попыталась сшить новый парус. Правда, он получился маленький, но это было лучше, чем ничего.

Чуча никак не могла остановиться, вспоминая прекрасные пузыри. Она всё кружилась в радостном танце, не в силах оторвать взгляда от Макаронной впадины — такой опасной и такой ужасающе красивой.

Мышка сама не заметила, как подошла к корме и стала махать платочком Макаронной впадине. Такая маленькая розовая Чуча, на таком большом деревянном корабле! Что может быть романтичнее?!

МНЕ НУЖНЫ ЛЫЖИ!

КУРИНАЯ ПРАВДА

ЭКСТРЕННЫЙ ВЫПУСК!!!

Начну сразу с главного! И с самого неприятного!

«Летучий голодранец» — ерунда! «Летучий "Отважный"» — вот новая легенда и миф, достойный восхищения!

Кот да Винчи чудесным образом перелетает Макаронную впадину! Кот да Винчи — гений! Экстрасенс! Телепат! И астролог! Он может всё!

Ура!

ЖЁЛТАЯ СТРАНИЧКА

Сова Угуха боится высоты! Ай да птица! Ай да молодец! В то время как все любовались с высоты птичьего полёта Кошмарским морем, Угуха любовалась своей каютой с зашторенными иллюминаторами! И топтала карты Пиратского моря!

Кудаха

КОТ-ПОБЕДИТЕЛЬ

МЫЛЬНЫЕ ПУЗЫРИ

Глава 8. Эх ты, Чуча, молчала бы лучше!

**Не всякая примета сбывается!
И не всё, что сбывается, — примета!**

Звери собрались в столовой за большим круглым сто-
лом и отметили свою первую победу празднич-
ным обедом. А корабль на всех парусах мчался
по Кошмарскому морю в поисках Острова добрых
обезьян. И никто и не подозревал, насколько близко
находится от них опасность.

Только Светофор Клумба, расхаживая по палубе,
снял шляпу и прислушался:

— Ты ничего не слышал? Ничего?

Робин Зонт обрадовался и закричал:

— Я всё слышал! Я лопал пузыри! Я радовался!
Я — молодец! А ты их не лопал! И не радовался!
Ты — морская зануда!

Светофор Клумба раздражённо махнул лапой:

— Нет! Не то! Прислушайся: мне кажется, там кто-то есть!

Морской волк на цыпочках пошёл по палубе к корме. Робин Зонт затрясся от страха.

— Может, на корабль забралось Макаронное чудовище?

Внезапно ему под лапы метнулась Чуча. Она пронеслась вокруг Светофора Клумбы и, стукнувшись лбом о крысу, грохнулась на палубу и закрыла глаза.

— Эй! Мышь! Ты спишь? — спросил Робин Зонт.

— Она в обмороке, — констатировал морской волк. — Ну-ка, крыса, хватай её за лапы! Придётся спрятать эту надоедливую мышь! Мне кажется, она что-то видела.

— Куда же мы её спрячем? У нас осталась только одна пустая бочка. Я её хотел взять себе!

— Куда-куда?! — рассердился Светофор Клумба. — Мы её кинем за корму! Это самое надёжное место. Давай быстрей, а то ещё придёт кто-нибудь, и тогда всё пропало!

Но, как только крыса дотронулся до Чучи, та, подскочив, заверещала:

— Я видела! Там такое! Там! Я посмотрела!

— Ты посмотрела за корму? О, ужас!

Морской волк икнул и протянул лапы к Чуче, а у карамельной крысы подкосились лапы.

Чуча отскочила в сторону и быстро закивала головой:

— Мне нужно срочно всё рассказать коту! Я посмотрела за корму! Я там увидела такое! За нашим кораблём плывет...

— А-а! — заорал морской волк и быстро прикрыл Чуче рот. — Тихо! Ты ничего никому не скажешь! Потому что...

Тут послышались громкие голоса и смех. Кто-то поднимался вверх из кают-компании.

Морской волк икнул и быстро затараторил, спрятав за спину лапы:

— Не говори никому, что ты там увидела, иначе сбудется самая плохая примета и корабль утонет! Я — старый моряк и знаю, что говорю. Никогда никому не говори, что ты видела за бортом!

У Чучи на глаза навернулись слёзы, а хвост задрожал с такой силой, что даже загудел.

— Ну там же к нашему кораблю что-то прицепилось!

— Конечно, к нам могло что-то прилипнуть, в этом нет ничего особенного! К хорошим кораблям всегда что-то липнет, как и к хорошим морякам: то ракушка, то водоросли, а то и мышь приставучая!

— Ну там же... мне показалось, что это не водоросли! Мне показалось, что это лодка!

— Тихо! — воскликнул морской волк. — Я раскрою тебе одну старую морскую тайну: там ничего нет! Это было обычное морское видение, но, если только ты о нём кому-нибудь расскажешь, оно сразу материализуется и станет настоящим!

— Правда? Ну ладно! Я никому не скажу! Но что же мне делать?! Мне так страшно! Я вся дрожу!

— Иди в свою каюту, заберись под одеяло и не вылезай, пока мы не причалим к острову, — мило посоветовал Робин Зонт. — Я всегда так делаю. Только так ты сможешь уберечь нас от катастрофы.

Чуча подхватила лапами хвост и, побежав в трюм, по пути столкнулась с Дзынем.

Лишь только её розовый хвостик скрылся за дверью, а сова и Дзынь ушли на нос корабля, Светофор Клумба кинулся с кулаками на Робин Зонта и зашипел, словно змея:

— Это всё ты! Это ты не уследил! Что будет, если она проболтается? Иди вниз и следи за ней! Чтобы никто ничего не заподозрил!

Испуганный Робин Зонт кинулся за Чучей.

Хочешь, спою?

Эй, КРАСАВЧИК! КАК ДЕЛА?

Мил Мил Ми

Это МОЁ ГНЕЗДО! МОЯ ХАТА! МОЯ НОРА!

Я тоже ПТИЦА!

КАКОЙ хорошенький!

Глава 9.
Опасный остров

— Я вижу берег! Я — молодец!

Карамельная крыса принялся носиться вокруг зверей и хвататься за каждого.

Кот да Винчи взял бинокль. Дзынь немелодично запел.

Остров, окружённый ярко-голубой гладью воды, приближался, и уже отчётливо стали видны зелёные холмы.

Над побережьем летали очень толстые чайки. Увидев корабль, они, громко крича и обгоняя друг друга, радостно полетели навстречу.

Угуха, посмотрев наверх, оторопела и, вытаращив глаза, пробормотала:

— Что это такое? Туземцы? — Но, присмотревшись, добавила: — Это, конечно, не совы, но если их научить читать мои книги, то могут получиться читатели.

— Нас встречают туземцы! — радостно воскликнул Шмутц. — Пойду достану подтяжки.

— Друзья! — сказал кот, восторженно глядя в даль. — Настал великий момент — мы достигли цели! Вот он, остров А-без-Яна! Осталось найти Зызу и спасти Бряку! А потом отобрать у него всё, что он у нас украл!

Чайки, долетев до корабля, облепили реи, которые под их тяжестью стали подозрительно скрипеть, и принялись оживлённо галдеть на своем туземном языке. Несколько из них навязчиво кружили вокруг гнезда попугая и издавали звуки, очень похожие на гогот.

Попугай Курун распушил свой хохолок и делал вид, что никого не замечает, исподтишка кидаясь водорослями.

Команда в предвкушении приключений взволнованно слушала капитана. Только Робин Зонт, отвернувшись от всех, сосредоточенно принюхался:

— Что-то тут не так! Что-то я не понимаю! Что-то происходит не так! Это какой-то неправильный остров! — он подскочил к коту и судорожно вцепился в лапу. — Мне тут не нравится! Тысяча морских ежей, если я не прав! Пчхя!

— Не трогай нашего кота! — запищали мыши.

Но Робин Зонт вцепился ещё сильнее.

— Пчхя! У меня отличный нюх! Я чую! Тут что-то не так! У меня отличное зрение! Я вижу! Это не тот остров! Пчхя! Пчхя! Опасность подстерегает нас за каждой волной!

— Не бойся, Зонтик! Я — гениальный кот, и со мной ничего не случится. Со мной и со всеми моими друзьями. И к тому же как мы узнаем, тот это остров или нет, если не высадимся?

— Правильно! — оттеснила карамельную крысу Угуха. — И нечего тут ныть! Если надо, мы обследуем все острова, скалы и даже камни, которые только встретим в этом Кошмарском море, только бы отыскать мою драгоценную рукопись!

— И белочку Бряку! — запищали мыши.

Робин Зонт Крыса схватился за голову и закричал:

— Что мне делать? У меня на сушу аллергия! Я останусь на корабле! И чихать я на все хотел! Пчхя!

— И я тоже! — хмурясь, добавил Светофор Клумба.

— А ты-то чего?

— Я как настоящей капитан, хоть и бывший, должен последним покинуть корабль. А пока его не покинул Робин Зонт, это сделать не получится. Правило такое!

— Ну, это правило на меня не распространяется! — воскликнул кот да Винчи. — На меня распространяются только те правила, которые мне нравятся!

ДОЛГОЖДАННЫЙ ← ← ОСТРОВ ← А-БЕЗ-ЯНА

Звери один за другим погрузились в лодку, а Робин Зонт Крыса и Светофор Клумба побежали прятаться в кают-компанию. У них, как у настоящих мореплавателей, был настоящий нюх на опасности.

Дзынь взялся за вёсла, и лодка отчалила от корабля.

— Эй, вы забыли меня! Как я буду продавать подтяжки?! — заметался по палубе Шмутц, тряся коробкой.

— Подари их чайкам! — крикнула сова.

Шмутц уныло опустил лапы, подняв голову. Но уже через секунду чайки закричали так громко, что Савви, который постеснялся плыть на остров без панциря и остался на корабле, спрятался в корзину. Суслик Шмутц, обвесившись подтяжками, карабкался вверх по мачте.

Чуча тоже осталась на корабле. Как Пик и Бубуша ни пытались её вытащить из каюты, она наотрез отказалась.

Наконец лодка коснулась берега, и команда высыпала на песок.

Кот огляделся и, вытянув лапу, сказал:

— Туда!

И все пошли туда, куда он показал.

Только команда двинулась в глубь острова, как сова громко закричала:

— А-а-а! Что это такое?! Что это за зверь?! Кошмар!

На земле лежал странный зверь. Он состоял из одной головы и восьми ног.

Причём все ноги были так тщательно поджаты и перепутаны, что сосчитать их не удалось никому. Просто все сразу поняли, что их восемь. А почему — неизвестно.

— Ноги! — заорал восьминог. — Неподжатые ноги! Ловите их!

И тут же из-за камней, словно большие клубки, выкатились восьминоги. Они окружили команду плотным кольцом, выкатив на зверей белёсые, ничего не выражающие глаза.

— Пи-и! — в ужасе запищали мыши.

— Здравствуйте! — сказал кот, оглядываясь.

Старый восьминог — по-видимому, он был здесь главным — еле слышно произнёс:

— Спасибо волнам! Они прислали нам новые ноги! Кот да Винчи спрятал лапы за спину:

— Здравствуйте, дикари! У меня есть выгодное для вас предложение! Мы найдём общий язык! Я — знаменитый кот да Винчи, известный герой, гений и просто красавец. А это — мои верные друзья!

— К тому же невкусные! — добавила сова, дрыгнув лапой. — Если вы хотите кого-нибудь съесть, съешьте его! — и она постучала крылом по шляпе Дзыня.

— Меня нельзя есть! У меня звёздная болезнь! — посерел Дзынь. — Что вы делаете?! Не трогайте меня! Что вы делаете?! Щекотно!

Восьминоги кинулись на Дзыня и в одно мгновение завязали ему узлом лапы. Дзынь упал на песок, махая крыльями, но восьминоги тут же потеряли к нему интерес и, крутя блёклыми глазами, ринулись на сову.

— Ноги! Ноги! Свободные ноги! — слышалось со всех сторон. — Дайте нам ноги!

Самая маленькая глава, которую (некоторые невнимательные писательницы) даже забыли пронумеровать

Перескакивая набегающие волны, по светло-жёлтому песку пробежал зверёк, странно напоминающий Зызу. Он был одет во все чёрное, даже хвост и тот был замотан в чёрную тряпку, не говоря уже о чёрных перчатках, чёрных тапочках и чёрной маске, скрывающей мордочку. Как зверёк и надеялся, его никто не заметил. Может быть, из-за удачно подобранного маскировочного костюма, а может быть потому, что команда кота да Винчи находилась на другом конце острова в страшной опасности. И до странного зверька им не было никакого дела.

Зверёк обежал весь остров, но, так и не найдя то, что искал, скрылся за холмом.

Тем временем матросы-альбатросы один за другим покинули корабль и улетели неизвестно куда. Больше их никто никогда не видел, и никто о них и не вспомнил (что само по себе странно).

КУРИНАЯ ПРАВДА!

СЕНСАЦИЯ! НОВАЯ АКЦИЯ НАШЕЙ ГАЗЕТЫ!

Тебе не нравится, что пишут журналисты? Ты не веришь ни единому слову? Не можешь смотреть на чужие фото? Не отчаивайся! Тебе предоставляется исключительная возможность: купи нашу газету, сам впиши в неё статью и вклей свои фотографии! Прямо на этой странице!

И торопись, а то это сделают другие!

НАПИШИ СВОЮ СТАТЬЮ

ПРИКЛЕЙ СВОЁ ФОТО

Идея запатентована! Не воровать! Клюну!

Кудаха

НЕЗАВИСИМОЕ МНЕНИЕ

Совсем обнаглели эти журналисты! Деньги на воздухе зарабатывают! Если так и дальше пойдёт, я выпущу пустую книгу про кота да Винчи, и пишите туда сами, что хотите! И рисуйте сами!

Сова

Глава 10.
Как сложить восьминога?

Восьминоги были повсюду. Пучеглазые, запутанные, они подкатывались всё ближе и ближе. Даже кот да Винчи и тот почувствовал себя неуютно в таком обществе. А уж его команда — и подавно.

— Стойте! Зачем вам наши ноги, если у вас есть свои? — крикнул кот.

Восьминоги остановились и в замешательстве поглядели на своего предводителя.

Старый восьминог закатил глаза. Он был бледно-зелёный и с настолько перепутанными ногами, что еле шевелился.

— Нам мало! Нам нужны новые ноги! Свои мы уже подогнули, — горько вымолвил он.

— Но зачем вы их подогнули? Разве плохо бегать по песку нормальными ногами, а не завязанными в узел?

Старый восьминог вздохнул, и за ним эхом вздохнули все восьминоги.

8 ног + 7 ног = 15 ног
5 ног − 3 ноги = 2 ноги

А ЛАПЫ СКЛАДЫВАТ МОЖНО

— Мы очень любим считать! Но у нас очень мало ног, всего только восемь. Выходит, что каждый из нас может сосчитать только восемь предметов, загибая ноги. Мы сосчитали все камни, все холмы, все деревья, но нам не хватает ног сосчитать все волны, все звёзды и всех насекомых! Это настоящая трагедия! У нас не осталось ни одной свободной ноги! Наконец-то волны прислали нам свободные, незагнутые ноги! Спасибо волнам!

— Спасибо волнам! — радостно закивали восьминоги и, вертя глазами, ринулись к друзьям.

Кот, чувствуя, что сейчас упадёт, заорал что есть силы:

— Но ведь для того, чтобы считать, не обязательно загибать ноги!

— Как это не обязательно? Быть такого не может! — рассердился восьминог. — Ты хочешь меня запутать, рыжий чужеземец!

Мыши запищали так сильно, что восьминоги даже отпрянули:

— Наш кот никогда не врёт!

— Наш кот — гений!

Кот да Винчи сказал:

— Спокойно, друзья! Мы просто обязаны помочь этим несчастным, запутанным восьминогам распутать их ноги и научить новой жизни!

— Ура! — запищали мыши, а восьминоги ещё сильнее попятились.

— Я — настоящий гений и научу вас считать так быстро, что вы за это время не успеете даже распутаться. Каждый образованный восьминог должен знать цифры и уметь считать! Это очень просто! Одна нога — это цифра 1, две ноги — это цифра 2 и так далее. Мыши, достаньте из сумки цветные мелки, они нам сейчас очень пригодятся! Я сейчас всё нарисую на камнях!

Восьминоги, торопясь и выпучив глаза, покатились к коту. Старый восьминог что-то кричал, но вскоре затерялся среди своих собратьев.

И кот да Винчи нарисовал на камнях все цифры. А потом объяснил, как их можно складывать, вычитать, делить, умножать и даже извлекать из них квадратный

Математический урок
Кота да Винчи!

 = 1   = 2   = 3

 = 4   = 5   = 6

= 7   = 8   = 9

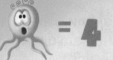 = 10   = 0   = 11

Попробуй сосчитать!

+ = −

+ = ?   − = ?

+ = ?   − = ?

− − − − − = ?

+ + + + + = ?

корень. Восьминоги до того увлеклись его рассказом, что залезали друг другу на головы, лишь бы только увидеть, что пишет кот. Они распутали свои ноги и принялись считать всё, что только им попадалось под ноги, то есть на глаза.

Восьминоги от радости даже не знали, как и благодарить гениального кота. И чуть не задушили его в дружеских объятиях освобождённых ног.

Даже Дзынь и тот пытался сосчитать прыгающих восьминогов. Но каждый раз у него выходило разное число.

Восьминоги так увлеклись математикой, что исписали весь берег, все деревья, шлюпку и даже лоб Дзыня.

— Чем мы можем вас отблагодарить, о добрые пришельцы? — спросили восьминоги. От радости, что они теперь могут ходить на всех своих ногах, восьминоги прыгали так высоко, что сбили несколько толстых чаек.

Сова очень пожалела, что у неё нет с собой книги, которую можно выгодно продать. И судорожно соображая, что же можно потребовать у восьминогов, нечаянно клюнула Кудаху.

Кудаха хотела что-то ответить, но тут кот сказал:

— О, великодушные восьминоги! Нам от вас ничего не нужно! Но если вы подскажете, где остров обезьян, то не нужно будет совсем ничего!

— Мы не знаем такого острова! — наперебой закричали восьминоги. — Мы смогли сосчитать только один остров, который находится на юге от нас. А больше у нас ног не хватило. Там живёт Квадракатица. Она очень мудрая и знает все острова нашего моря. Плывите к ней, она вам поможет.

— Спасибо, о, восьминоги! Друзья, нам нужно спешить! Вдруг Зыза до Квадракатицы доберётся первым? Скорее все в лодку!

Восьминоги схватили лодку, покидали туда зверей и спустили на воду. Дзынь так перепугался, что сам себе завязал ноги узлом. Лодка быстро поплыла по волнам. А восьминоги прыгали, взмахивая ногами на прощание.

Когда восьминоги немного упокоились, они принялись считать друг друга. Но так и не досчитались старого восьминога. Он куда-то исчез.

— Это наша первая математическая ошибка! — вздыхали поумневшие восьминоги.

КУРИНАЯ ПРАВДА
ЭКСТРЕННЫЙ ВЫПУСК!!!

Да Винчи научил восьминогов математике! Теперь каждый восьминог умеет складываться столбиком, извлекать из себя квадратный корень и умножаться на ноль.

ЭКСТРЕННЫЙ ВЫПУСК!

Тайна старого восьминога раскрыта! Он исчез, потому что не имел математического доказательства. А кто не доказан, тот быть на острове не обязан!

По словам скворца Дзыня, известного музыканта и певца, кот да Винчи обладает феноменальной способностью: с какой стороны к гениальному коту не подойдёшь, всегда окажешься в его тени. И разгадки у этой тайны нет!

ЕЩЁ ОДНА СЕНСАЦИЯ!

Оказывается, старый восьминог, когда распутал ноги, оказался двенадцатиногом! Это удивительно! Сколько ещё математических открытий сделают восьминоги! Ура! Да здравствует математика!

Кудаха

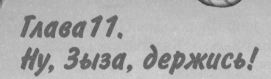

Глава 11.
Ну, Зыза, держись!

Бедная белочка Бряка совсем извелась. Сидя в заключении в шкафу, она изо всех сил старалась придумать план побега, но у неё ничего не получалось.

— Эх, был бы тут рядом да Винчи, он бы в один миг всё придумал!

Бряка от грусти даже начала грызть полки шкафа. Конечно, время от времени она начинала звать на помощь и просто ругать Зызу, но тот угрожал перестать её кормить.

Бряка не обращала на него внимания и даже сочинила такую обидную песню, что сама не могла её петь без хохота:

Зыза — самый глупый зверь!
Потерял от шкафа дверь!
Не учился Зыза в школе,
Вот и мается теперь!

Зыза от злости вообще ни на шаг не отходил от шкафа. Белка даже начала подозревать, что Зыза поставил шкаф в свою каюту или возит за собой на тележке.

Ну, в этом ничего особенного нет — Зыза вообще очень странный зверь. А вот что было удивительно по-настоящему, так это то, что за несколько дней пути Бряка не слышала никого, кроме Зызы.

Почему пираты всё время молчали? Что бы это могло значить?

А вот Зыза говорил очень много. Он то хохотал, то называл себя королём, а то принимался ругать кота. Белка отчаянно с ним спорила, чем приводила Зызу в ярость.

Постепенно все полки шкафа превратились в труху, и Бряке пришло в голову, что если начать грызть изнутри и дверцы, то шкаф развалится сам собой. А если это случится как раз в тот момент, когда Зыза заснёт, она может его связать подтяжками, захватить корабль и вернуться в Звериный город. Ведь пираты, конечно же, перестанут быть смелыми без своего коварного капитана!

От такого отважного плана у Бряки даже хвост распушился.

— Ну, Зыза, держись!

МЕНЯ СПАСЁТ СУПЕРКОТ!

СЕНСАЦИЯ!!!...
КВАДРАКАТИЦА
НЕОБЫКНОВЕННАЯ!
КВАДРАГЛАЗ
КВАДРАУГОЛ
КВАДРАТУЛОВИЩЕ
КВАДРАРОТ
КВАДРАНОГИ
ЛОВИСЬ, ПИРАТ, БОЛЬШОЙ И ЕЩЁ БОЛЬШ

Глава 12. Квадракатица

О! Бедная Квадракатица!
Она не ползёт и не катится!
Не может скатиться с пологой горы:
Мешают катиться бедняге углы.

Лежит на скале и страдает
И чаек углами пугает.
О, как бы она веселилась,
Когда бы как шарик катилась!

Легенды Кошмарского моря

На переговоры с Квадракатицей отправились кот и сова.

Это был даже не остров, а невысокая скала с ровной площадкой наверху. Сначала коту показалось, что на этой площадке лежит большой квадратный камень, но тут он сообразил, что это и есть та самая Квадракатица.

Кот обошел её кругом, пытаясь понять, где же у неё голова. Но со всех сторон Квадракатица оказалась одинаково квадратной.

— Эй! Есть кто дома? — спросила сова, топнув тонкими лапками.

И тут на одном боку Квадракатицы открылись квадратные глаза, и появился квадратный рот.

— О! — сказала Квадракатица. И коту показалось, что даже «О» у неё получается не круглое, а квадратное.

— Здравствуй, Квадракатица! Не поможешь ли ты нам, отважным спасателям и гениальным мореходам, найти остров Обезьян? — выпалил кот.

— Вот ещё наглость! — обиделась Квадракатица. — Пришли, разбудили, требуют! Нет чтобы мне помочь, а то всё себе и себе... хапуги!

— Наш кот — не хапуга! Он — гений! Он может всё! Он — настоящий герой!

— Герой? — удивилась Квадракатица и квадратно моргнула. — Мне как раз нужен герой, который мне поможет.

— Хорошо, я тебе помогу, а ты тогда поможешь нам найти остров. Согласна?

Квадракатица квадратно вздохнула:

— Я очень несчастна! Мне срочно нужна помощь. Я такая вся угловатая, такая вся странная, такая вся... не такая. Я — сплошное недоразумение!

Кот, кивая каждому слову, радостно улыбнулся:

— Так это же прекрасно! Ты — единственная! Эксклюзивная! Самобытная! Ты — просто сенсация! Восьминогов тысячи, и им нечем гордиться, а ты можешь, ничего не делая, стать знаменитостью! «Внимание! Выступает Квадракатица! Она не ползёт и не катится! Ура!»

Квадракатица квадратно улыбнулась и оквадратила глаза.

— Но как же я попаду куда-нибудь, если я не могу сдвинуться с места? Раньше у меня был друг Кашанаша-лот. Он возил меня на спине, но потом потерялся. Такой маленький в таком большом море!

— Разве кашалоты бывают маленькими? — насторожилась сова и оглянулась.

— Бывают! Он был очень маленький, почти как ваш корабль! — капризно воскликнула Квадракатица. — Мне лучше знать! Это я с ним дружила! У него не было ни одного угла!

— Для того чтобы плавать, не нужен кашалот. Во-первых, мы приделаем колёса от самоката, чтобы ты катилась, куда хочешь и когда хочешь! А во-вторых, возьмём к себе на корабль и в наш Звериный город. Там намного больше места, и ты будешь счастлива. Но только после того, как побываем на Обезьяньем острове!

— Правда? — обрадовалась квадракатица. — Ну, если так, тогда я расскажу вам, как туда доплыть. Записывайте или зарисовывайте:

Вам нужно будет плыть очень долго:
2 дня на север,
3 дня на восток,
4 дня на юг,
4 дня на запад,
2 дня на север,
потом полдня на восток —
и там будет Обезьяний остров!

— Ого! Как ты это всё запомнила? — удивилась сова.

— У меня очень хорошая память: что я один раз видела, могу вспомнить сто раз, а что я вспомнила сто раз, могу тысячу раз рассказать, а что я рассказала тысячу раз, могу миллион раз спеть! Хотите, я вам спою?

— Ну уж нет! Нам не до песен! — отрезала Угуха. — Ужас! Это же 15 дней! Полмесяца плыть до острова! Кошмар! А нет ли другого пути?

Квадракатица с радостью откликнулась:

— Есть! Только он ещё более длинный:

Для этого нужно плыть
2 месяца на север,
3 месяца на восток,
4 месяца на юг,
4 месяца на запад,
2 месяца на север,
потом полдня на восток —
и там будет Обезьяний остров!

Сова схватилась за голову:

— Это же 15 месяцев! То есть, если по-научному, один год и три месяца! Кошмар!

Кот немного походил по кругу, сосредоточенно о чём-то думая, и сказал:

— Не бойтесь, друзья мои! Есть более короткий путь! Вот увидите, не пройдёт и полдня, как мы попадём на Обезьяний остров!

— Такого не может быть! — рассердилась Квадракатица. — Я всё правильно рассказала!

— А вот и может! Сейчас я объясню!

И кот нарисовал на камне остров с Квадракатицей, Обезьяний остров, а потом путь, по которому

та посоветовала плыть. Получилась очень длинная линия.

— А вот короткий путь! — сказал кот и провёл прямую черту. Получилась действительно очень маленькая полоска.

— Ура! — закричали все.

— Мы спасём обезьян, а потом вернёмся и заберём тебя в наш Звериный город! — пообещал кот улыбающейся Квадракатице.

— А можно я поеду с вами прямо сейчас? — скромно спросила Квадракатица и попыталась показаться меньше и наивнее.

— Можно! — великодушно согласился кот.

Квадракатица забилась в трюм и тут же квадратно захрапела. Она так и не проснулась до самого конца приключений в Кошмарском море.

КУРИНАЯ ПРАВДА

ЭКСТРЕННЫЙ ВЫПУСК!!

СЕНСАЦИЯ!

Кот да Винчи снова нашёл какого-то непонятного зверя и в одну секунду сделал его знаменитостью!

Вероятно, кот не понимает, что за будущими звёздами далеко ходить не надо. Нужно просто оглянуться и увидеть лучшего в мире журналиста!

Кудаха

P. S. Или просто помочь сове!!!
Сова 🦉

P. P. S. Или Шмутцу!!
Шмутц 😊 😊 😵

P. P. P. S. Хрюша-повторюша!
Незнакомка 🙁 😊

P. P. P. P. S. От хрюши слышу!! 😲
Неизвестный

P. P. P. P. P. S. Не слышишь, а читаешь.
Незнакомка 🌞 😊 😊

P. P. P. P. P. P. S. Это вам не чат! Хватит засорять газету! Тут и без вас много мусора! С бумагой напряжёнка! 🕷
Кудаха 🐔

P. P. P. P. P. P. P. S. Эй! Есть тут кто?
Кролик 🐰 🐰

P. P. P. P. P. P. P. P. S. Ау!
Кролик 🐰 🥕 🥕 🥕

P. P. P. P. P. P. P. P. P. S. Да ну вас, 😵 пойду я отсюда! Скучно! 🥕
Кролик 🥕

P. P. P. P. P. P. P. P. P. P. S. 🐦
Ну вот, опять не успел!
Тормоз 😊 😊 😲

Глава 13. Копна с клювом, бревно в шляпе и велосипед

Кораблю легко в тумане
Раствориться в океане.
Здесь такой густой туман —
Растворился капитан!

Чуть вперёд протянешь лапу,
Упираешься в туман.
Может, он сошёл по трапу?
Где наш славный капитан?

Корабль остановился, паруса бессильно повисли. Мир затих. И над Кошмарским морем поднялся Кошмарский туман. Он был такой густой, что если какой-нибудь зверь вытягивал вперед лапу, то она была видна ровно наполовину. А хвост и вовсе пропадал.

Тишина-то какая!!!

Светофор Клумба долго стоял на носу корабля с фонарём и пытался разглядеть хоть что-нибудь. Поначалу ему померещилось очертание какого-то корабля, но туман клубился всё больше и больше, и видение исчезло.

Корабль замер на месте, и да Винчи протрубил общий сбор.

Морской волк ринулся искать кота. Второпях он два раза наступил на хвост карамельной крысе, перевернул несколько бочек, чуть не свалил за борт размечтавшегося Дзыня, а потом встал около мачты, воображая, что это да Винчи. Пик решил, что да Винчи — это Бубуша, Бубуша уставился на Кудаху, Кудаха — на Савви, а Савви — на Пика. Устроив такой странный хоровод, они принялись ходить друг за другом по кругу, силясь хоть что-то разглядеть в тумане.

Даже Чуча и та осмелилась выйти из каюты, решив, что в тумане она всё равно не сможет глянуть за корму. Бедная мышка! Ей так хотелось рассказать о том, что она увидела, да Винчи, но Чуча боялась это сделать.

Наконец команда, натыкаясь друг на друга, собралась вокруг гениального капитана. Кот сказал:

— Если завтра утром ветер не подует, я усовершенствую корабль, чтобы он мог плыть без ветра. А если и туман не развеется, то мне придётся изобрести специальный тумано-разгоняльный аппарат. У меня уже есть кое-какие идеи. Но это будет завтра. А сейчас объявляю отбой! Всем спуститься в каюты! Нужно выспаться перед настоящими приключениями, которые, я чувствую, не заставят себя ждать.

— Ну, тогда я пошла! — ухнул кто-то, чьё очертание странно напоминало копну сена с клювом и крыльями. — Наконец-то я займусь своими важными делами!

— Не ходи! Собрание ещё не закончилось! — прогнусавил силуэт, отдалённо напоминающий сложенный зонтик.

— Лысых черепах не спрашивают! — снова крикнула копна. — Сейф найди, а потом выпендривайся!

— Перед тем как отправиться спать, нужно на палубе оставить ночного дозорного, — продолжил кот. — Вдруг туман рассеется, и мимо будет проплывать корабль Зызы!

— Ну и пусть себе проплывёт, я-то здесь при чём?! — ухнул тот же голос.

С другой стороны кота тощая размытая фигура, похожая на бревно в шляпе, закашлялась и голосом Дзыня сказала:

— О кошмарный ужас и трепетная жуть! У меня морская болезнь началась. Внезапно. Которая может сравниться только...

— ...только с моей морской болезнью, — тут же закачался рядом силуэт велосипеда. Что это был за зверь, не удалось определить даже через два дня пути. Хотя, по мнению всей команды, это был Шмутц, а по мнению Шмутца, это был кто угодно, только не он. И даже, может быть, это был Зыза или вообще пингвин, случайно пролетавший мимо.

Чуче показалось, что сейчас в дозорные выберут её, и она закрыла мордочку лапами. Хотя никто не видел ни её лапок, ни мордочки, ни даже самой Чучи.

Но тут случилась чудо. Светофор Клумба наступил на лапу Робин Зонту, и тот, вздрогнув, заголосил:

— Дозорным буду я! Я буду самым зорким дозорным! Я буду сновать туда-сюда и искать Зызу! Я — молодец!

— Феноменально! Феерично! — обрадовалось бревно в шляпе и вдохновенно запело пронзительным голосом: — Фьють-фьють!

Кот пожал карамельной крысе лапу (хотя на самом деле это был хвост совы), пожелал хорошей вахты, и вся команда на ощупь отправилась по каютам.

Робин Зонт Крыса остался на палубе один, окружённый туманом, собственными страхами и подозрительными скрипами. Туман окутывал его плотной пеленой, словно огромное спустившееся облако.

Единственной, кто не видел тумана, была белка Бряка. Она как раз в это время догрызла стенки шкафа настолько, что уже боялась до них дотронуться. Один толчок — и шкаф развалится. Вот только теперь нужно подыскать нужный момент.

Лучше всего, если Зыза уснёт. Тогда он не успеет ничего сделать. Поражённый шкафокрушением, Зыза застынет с открытым ртом, а белка не растеряется: она прыгнет и быстро свяжет его подтяжками! Потом, если пираты не успеют проснуться, свяжет их всех во сне, а если они всё-таки проснутся, то всё равно они испугаются и будут её слушаться!

Белка даже попыталась нацарапать план действий на дне шкафа, но в темноте у неё это не получилось.

Только бы ничего не сорвалось! Тогда она вернётся в Звериный город героиней, победительницей коварного Зызы и просто красавицей!

Глава 14. «Летучий голодранец»

Это вам не день рождения —
Вдруг столкнуться с привидением!
Страсть какая! Не забуду!
Лучше в бочке сидеть буду!

Через несколько часов, когда звери уснули, а Робин Зонт вертелся в бочке, стуча зубами от пронизывающего холода, он услышал чьи-то шаги. Кто-то осторожно крался по палубе. Останавливался, сопел и продолжал красться снова.

Робин Зонт затрясся от страха, таращась в темноту:

— Кто тут? Кто тут идёт? Кто тут куда-то идёт?!

И тут из тумана вырос тёмный силуэт.

— Зыза! — завизжал крыса и укусил край бочки.

— Да тихо ты! Не ори! Это я, морской волк.

— Ой, это ты! Ой, я тебя не узнал! Ой, а что ты тут делаешь?

— Что-что! Еды принёс! Мне пришлось опоздать. Очень долго ждал, пока сова заснёт. Эта хитрая птица целый час ходила туда-сюда, примеряла панталоны.

— На тебя?! — удивился Робин Зонт.

— При чём тут я!? Ты что, обо всём забыл?!

— А что я должен забыть? Я что, что-то видел?

Светофор Клумба рассвирепел и попытался треснуть карамельную крысу между ушей, но попал по носу.

— А так — вспомнил?!

— Только без лап! Я всё вспомнил! Я самый злопамятный, то есть, пчхя, добропамятный! Я — молодец!

И Робин Зонт выскочил из бочки, сам толком не понимая, что только что сказал.

Они немного постояли, прислушиваясь — тихо, и, не сговариваясь, пошли к корме, изо всех сил таращя глаза и силясь хоть что-нибудь рассмотреть.

Внезапно Робин Зонт замер, потянув Светофора Клумбу за рукав:

— А вдруг мы посмотрим за корму и увидим призрака? Я боюсь!

— Ты же знаешь, что это не так! — разозлился морской волк и, подойдя к корме, стал дёргать за верёвку, которая спускалась к воде и там исчезала в тумане. — Ну что ты застыл, посвети сюда!

Робин Зонт Крыса, подняв над головой фонарь, действительно застыл с открытым ртом.

Светофор Клумба поднял глаза...

Вот тут-то и произошло самое страшное.

Туман начал рассеиваться, будто его кто разгонял, и моряки увидели нос таинственного корабля. Его очертания светились. Мелькнул страшный, разорванный флаг. На палубе шевелились призрачные тени, исчезали и появлялись вновь. Казалось, корабль висит в воздухе.

— «Летучий голодранец»! Спасайся, кто может! — прошептал Светофор Клумба и поджал хвост.

Верёвка, которую он сжимал в лапах, задёргалась, будто кто-то её дергал. Но Светофор Клумба не обратил на это никакого внимания. Моряки попятились и, переглянувшись, бросились наутёк. И только оказавшись на нижней палубе и надёжно спрятавшись за бочками с порохом, они перевели дух.

У карамельной крысы зуб на зуб не попадал от страха:

— Мы увидели призрака! Мы увидели «Летучего голодранца»! Что же теперь будет?

— Боюсь даже представить! Ведь «Летучий голодранец» — предвестник кораблекрушения! — Светофор Клумба натянул шляпу на глаза и не произнёс больше ни слова.

Тем временем загадочный корабль вплотную приблизился к кораблю да Винчи. Если бы Светофор Клумба не убежал в панике, то увидел бы, что это не какой-то там «Летучий голодранец» (которых вообще не бывает), а самый настоящий пиратский корабль.

На мачте развевался чёрный флаг с сердцем и двумя косточками. По палубе бегали пираты. Судя по странному позвякивающему звуку, вооружённые до зубов. В тумане они выглядели размытыми пятнами, но так только казалось.

Страшная пиратка-кабаниха с грозным именем Мама Боча внимательно изучала корабль кота да Винчи в противотуманную подзорную трубу. Потом она осмотрела корму и долго-долго вглядывалась в воду позади корабля. В борту корабля открылись люки, и блеснули рукоятки начищенных сковородок и мясорубок. Боча хмыкнула и достала из кармана два бульонных кубика, которые она называла пугающим словом «кости», и кинула на палубу.

На одном кубике выпала рыбёшка, а другой был вообще без рисунков.

— Ага! Отлично легли! — в голове Мамы Бочи стала вырисовываться картина штурма, который она сейчас устроит.

Задумавшись, она подняла кубики, повертела их в копытах, понюхала — и нечаянно проглотила вместе с обёртками. Недоумённо хрюкнув, кабаниха позвала команду.

Пираты затаили дыхание в ожидании приказа.

Ещё секунда — и всё началось.

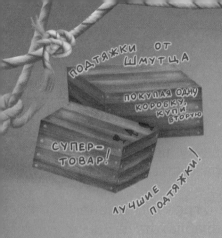

Глава 15.
Два точных удара, и белка — герой!

Уснул злодей. Я слышу храп.
Скорей, скорей ломаем шкаф!
Удар! И точно в драке —
Всё на голову Бряке!

Настал решительный момент! Зыза, кажется, уснул.

Белка, обвесившись подтяжками, пнула шкаф, который тут же разлетелся на доски с таким грохотом, что на мгновение показалось, будто он взорвался. Белка чихнула и приняла боевую стойку. Вероятно, одна из досок всё-таки ударила её по голове, потому что у Бряки перед глазами плыли какие-то смутные фигуры.

Впереди, пронзительно пища, металось светлое пятно.

— А-а-а! — что есть силы закричала Бряка и прыгнула вперёд. Каким-то чудом она сразу же оказалась около Зызы и схватила его за ухо. — Попался!

— Измена! Меня предали! Я хорошо запер шкаф!

Зыза рванулся и попытался ударить Бряку фонарём. Но Бряка увернулась и, выхватив подтяжки, замотала Зызу с лап до ушей. Это получилось настолько быстро, что Бряка и сама не поняла, как это она сделала.

Белка откинула чёлку. Победа! Зыза пойман! Теперь осталось поймать пиратов, и дело, можно считать, в шляпе!

Бряка оглянулась — и чуть не уронила Зызу в воду. Она никак не ожидала увидеть такое. Как оказалось, в глазах у неё всё плыло не от удара и не от долгого пребывания в шкафу — просто вокруг клубился туман. Но и это было не самым страшным. Бряка находилась вовсе не на корабле, как она предполагала, а на маленькой лодочке, так загруженной всевозможными вещами, что казалось чудом, что она до сих пор не перевернулась. Тут были все вещи, которые Зыза похитил у зверей: рояль, книги, сейф и ещё много чего. От носа лодки вверх тянулся трос и исчезал в тумане.

— А где корабль? — закричала белка, тряхнув Зызу. — Куда делись матросы? Я ничего не понимаю! Мы в Кошмарском море или где? Может, это вообще лужа посреди Звериного города?! Отвечай, кому говорю!

— М-м-м! — пробормотал Зыза.

— Не смей на меня мычать! — белка тряхнула Зызу ещё раз и тут смутилась, увидев, что у него просто завязан рот и Зыза не может говорить. Белка быстро размотала подтяжки.

Зыза тут же запищал:

— Это Кошмарское море! Развяжи меня, и я всё тебе расскажу! Я давно хотел тебя отпустить, Брякочка! По правде говоря, ты мне даже нравишься, и я похитил тебя, потому что страшно влюблён. Давно. С детства. Даже ещё раньше. У тебя такой пушистый хвост и глаза тоже, ну, это, как там... Прекрасные! Вот.

— Но ты меня в детстве не видел! — смутилась Белка и принялась щёлкать зубами. — Снова врёшь?

— Видел! Видел! Отпусти! Я пишу про тебя стихи! Вот послушай! «Без тебя, Бряка, жизнь — сплошная бяка!»

Белкино сердце дрогнуло. С одной стороны, она поймала коварного преступника, не знающего жалости и пощады, а с другой стороны, может быть, это просто запутавшийся зверёк, который лишился разума от неразделённой любви? Ведь в такую красивую Бряку должен влюбиться каждый!

Зыза, сикось-накось улыбнувшись, дёрнул носом, вдруг скривил морду, и в глазах его сверкнул недобрый огонёк.

— На помощь! — запищал он пронзительно. — Спасите!

Бряка испуганно поджала лапы и тут услышала за своей спиной низкий бас:

— Не сметь обижать мужчину!

Из тумана выплыла ярко-красная шлюпка. На носу стояла, скрестив копыта на толстом животе, Мама Боча. Рядом галдели пиратки. Позади всех стояла очень длинная и худая молодая кабаниха, дочка Мамы Бочи — Пипетка, с перебинтованным пяточком и кривыми копытами. Она держала над головой весло, к которому был примотан пиратский флаг. Лодка врезалась в борт, и белка чуть не свалилась в море.

— Спасите меня, славные пираты! — завертелся Зыза, клацая зубами. — Эта белка — страшная разбойница! Она приплыла в Кошмарское море, чтобы поймать вас! Я пытался её остановить!

— Команда! Приготовиться к штурму! — скомандовала пиратская мамаша. — Борт за борт и за борт на борт! То есть, тьфу! — мужчину на борт, белку за борт! И тихо! Чтобы не разбудить зверей на большом корабле!

— Не надо меня за борт! Это неправда! Я никого не хочу ловить! Это он меня поймал! — крикнула белка.

Зыза протянул к кабанихе связанные лапы, и из его правого глаза выкатилась слеза.

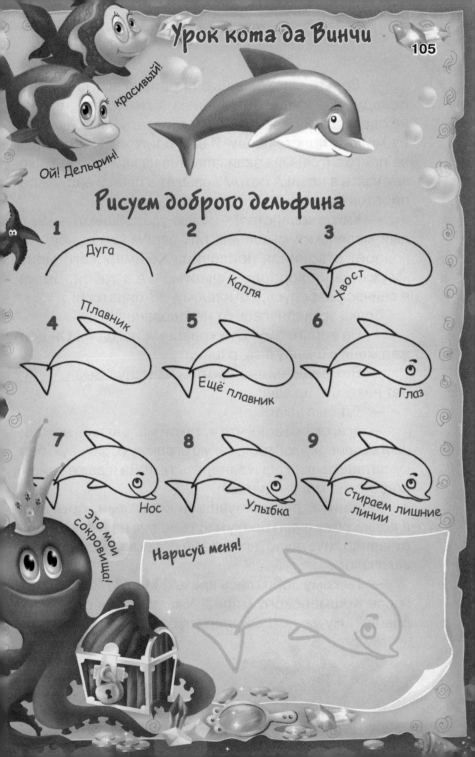

красивый!

Ой! Дельфин!

Рисуем доброго дельфина

1

Дуга

2

Капля

3

Хвост

4

Плавник

5

Ещё плавник

6

Глаз

7

Это мои сокровища!

Нос

8

Улыбка

9

Стираем лишние линии

Нарисуй меня!

— Верьте мне, славные пираты, я всегда говорю правду! Я — бедный маленький мышонок, никому не сделавший плохого. Я умею вязать узлы и делать из молока простоквашу. Я вам пригожусь! А она вам не пригодится! Она завязала мне на хвосте узел и хочет взять в плен! А потом возьмёт в плен и вас, и всех пиратов в мире!

— Какое коварство! — хрюкнула кабаниха. — Бедный маленький мышонок! Мы берём его к себе! Как говорит старинная пословица Кошмарского моря: «Мужчина на корабле к счастью». А с тобой, белка, я сейчас разберусь, по-нашему, по-пиратски!

Бряка захлебнулась от негодования:

— Не верьте ему! Это коварный негодяй! Он держал меня в шкафу в заточении!

— Вот видите, она врёт! — хмыкнул Зыза. — Тут нет никакого шкафа!

— Тут был шкаф!

— Ага, скажи ещё, что я, такой маленький, немощный мышонок, мог тебя, такую огромную, сильную белку, затащить в шкаф и запереть там! Да я даже чайник поднять не могу — падаю!

Кабаниха, размахнувшись копытами, прыгнула в лодку, сбив с лап Бряку и чуть не сев на Зызу. Днище отчаянно хрустнуло, но вода не потекла. Лодку сильно закачало.

— Ты кому собралась врать?! Мне?! Маме Боче?! Грозе Кошмарского моря?! Ужасу акул и страху чудовищ?! Ну уж нет! Эй, пиратки! Всё добро из лодки

перетащить на корабль! А белку оставить здесь без воды и питья, то есть, тьфу, без еды и пищи! Пусть она, если останется жива, расскажет всем про то, как встретилась с Мамой Бочей!

Бряка задохнулась от страха:

— Вы не посмеете! За мной приплывёт кот!

Но тут неожиданно вступился Зыза:

— О, потрясающая своей величиной Мама Боча! Я бы никогда не решился советовать тебе, но за эту белку могут дать огромный выкуп! Есть такой кот, который за неё может дать кучу драгоценных камней!

— Правда? — обрадовалась пиратка. — Выкуп — это хорошо, камни я люблю. Так и быть, берём с собой белку, а ты, фиолетовый мышонок, будешь мне рассказывать истории про далёкие страны, в которых я не была, и что там можно награбить. Всем на корабль! Отбой до утра, пленников запереть в трюме!

Так Бряка всего за несколько минут попала из одного плена в другой.

А кот находился так близко!

Глава 16. «Чёрная роза»

Все пираты, между прочим,
Обожают Маму Бочу!
Как её не обожать,
Если Боча — наша мать?!

Хвалебная песня

Кот да Винчи проснулся от неприятного ощущения, что что-то произошло. Он оглядел свою каюту. Все было в точности так, как вечером: встроенный в стену шкаф с зеркалом, фотографии друзей на стенах, койка, письменной стол, заваленный бумагами, и кресло. И всё же что-то изменилось!

За неплотно завешенными шторами в иллюминаторе чувствовалось какое-то движение. Кот вскочил с койки и резко раздвинул шторы.

Прямо перед его глазами медленно проплывала надпись: «Чёрная роза».

— Что это может быть?

Да Винчи, схватив капитанскую шляпу, бинокль и второпях накинув камзол, выскочил на палубу.

Туман пропал, и лёгкий ветерок трепал паруса, освещённые лучами утреннего солнца. Кот замер от удивления: рядом с «Отважным» находился ещё один корабль, такой странный, что трудно было понять, как он вообще держится на воде.

Больше всего он напоминал площадку для игр и сушки белья. Всюду были какие-то лесенки, качели и лежанки для загара, разрисованные цветочками и звёздочками. На каждой рее раскачивались колокольчики, фонарики, флажки и прочая ерунда, которую ни один уважающий себя моряк не потерпел бы на своём судне.

Кот вглядывался в бинокль, всё больше и больше поражаясь тому, что видел: бо́льшую часть палубы прикрывали разноцветные вязаные коврики, около них ровненько, в линеечку, красовались сапожки, сандалии, туфли, босоножки, причём разного размера. Иллюминаторы сверкали чистотой, а за стёклами виднелись занавесочки с бантиками и рюшечками, кое-где аккуратно заштопанные.

Кот перевёл взгляд на борт шхуны и увидел название. Жирной чёрной краской было выведено: «Чёрная роза» Но это ещё не всё, дальше той же жирной чёрной краской было старательно выведено: «ФиолЭтовая фиалка», «Розовая роза», «Голубая голубика», «Незабываемая незабудка», «Чёрная черника». А ниже золотыми буквами красовалось «Пипеткины глазки».

Как собою не гордиться?
Друг — волне и ветру брат!
В море мчится, точно птица,
Замечательный пират!

Всюду носились звери и птицы, одетые в полосатые юбки и платья, отдалённо напоминающие тельняшки.

На носу «Чёрной розы» раскачивалась красочная табличка: «Пропустите даму!», а на корме — «Не обгоняй — обидно!». Прямо на штурвале было приделано круглое зеркало. Следом за кораблём металась по волнам доверху наполненная лодочка. Но что в ней было, да Винчи не стал разглядывать, потому что увидел такое, от чего его шерсть встала дыбом: на самой высокой рее развивался чёрный флаг с сердцем и перекрещенными костями.

— Это же пиратский корабль! — воскликнул кот. — Свистать всех наверх! Рядом с нами пираты!

Тут же из трюма «Чёрной розы» раздался громкий звон не то битого стекла, не то упавшей сковороды. На палубу выскочила толстая кабаниха и хрюкнула так громко, что внутри судна опять послышался звон:

— Мужчина не хочет ничего есть, пока мы не отплывём на тысячу пятачков от этого места! Я вся распереживалась! У меня пульс! Снять швартовый гольф! Натянуть рубашки на центральную рею! Правый флагшток на левый панталон! Отдать концы! Пипетка, марш в кают-компанию, обуй тапки! Доешь кашу! И не отсвечивай!

— Ой, мам, я ещё позагораю! Утренние лучи солнца полезны для хорошей щетинки! — донеслось откуда-то сверху.

Там, между реями, на огромной высоте, раскачивалась в гамаке худенькая свинка. Разодета она была так, как будто не плыла на корабле в полном опасностей Кошмарском море, а словно вот-вот пойдёт на день рождения к сове Угухе!

Весь её наряд блестел и переливался, как новогодняя ёлка. А огромные серьги в ушах и пятачке пускали «зайчиков» прямо в бинокль коту. Четыре длинных копыта свисали с разных сторон гамака и раскачивались вместе с порывами ветра.

Корабль, накренившись, стал медленно, но нахально разворачиваться к коту своей широкой кормой. Надулись паруса, если можно назвать парусами рубашки, юбки, носовые платки, наволочки, гольфы и всякую другую одежду, которая была натянута на реи.

дзынь!

НАЙДИ ОТЛИЧИЯ

КАЧАЛКА

На корабле показалась белка Бряка, она отчаянно замахала лапами, привлекая к себе внимание.

— Бряка на пиратском корабле!— закричал кот. — В погоню!

Иногда в Кошмарском море случаются удивительные вещи. Внезапно подул сильный ветер, и «Отважный» поплыл так быстро, как будто на нём заработал двигатель космической ракеты! «Чёрная роза», наоборот, почему-то начала притормаживать, и да Винчи со своей командой гордо и бодро пронёсся на всех парусах мимо цели.

— Полный назад! — скомандовал кот.

И ветер как будто послушался. Паруса выгнулись в другую сторону, и корабль с такой же скоростью пронесло обратно.

— Это ещё что за игрища?! — удивилась Мама Боча, которая даже не заметила, как её судно, поскрипывая, замедлило ход.

Да Винчи не успевал выкрикивать команды — корабль совершенно не слушался и выделывал какие-то непонятные па. Паруса выгибались то вправо, то влево, то вверх, то вниз, штурвал лихо крутился, а якорь скакал по волнам, словно поплавок.

Вдоволь наплававшись туда-сюда мимо обалдевших пираток, корабль вдруг закружился вокруг своей оси и замер прямо перед «Чёрной розой».

Послышались громкие овации. Пиратки радостно прыгали и кричали «Браво!»

— Да-а-а! Неведомы и загадочны течения Кошмарского моря! — вздохнул позеленевший от качки Светофор Клумба. — Мне кажется, будет буря. Это ничего, что на небе солнышко и нет ни одного облачка. Знавал я такие бури, где не было ни дождя, ни ветра! Кошмарское море на то и Кошмарское море. Никогда нельзя предугадать точно, что тут будет через несколько минут!

— Эй там, зверятки! Мне понравилось, как вы чудесно плаваете! — Пипетка содрала с пяточка платок и принялась им энергично махать.

Кот схватил канат с большим крючком на конце и бросил его на палубу пиратского корабля. Крючок зацепился за борт.

Звери принялись тянуть канат, чтобы корабль подплыл ближе, мыши изо всех сил подбадривали кота, бегая вокруг. Пиратки схватили канат со своей стороны и с радостью принялись тянуть его к себе.

Тут около Мамы Бочи появился странный зверь. На голове

у него красовалось ведро, вместо одежды — сеть, а из-под сети торчал длинный фиолетовый хвост. Замаскированный Зыза, сиганув к мамаше, что-то пискнул ей на ухо.

— Там Зыза! Зыза! — запрыгала Чуча. — Это он! Я узнала его по хвосту!

Корабли медленно сближались.

— Не может быть! — ахнула Мама Боча, часто заморгав глазами. — Не бойся, Зызочка, я тебя в обиду не дам!

И спихнув копытом Зызу в люк, яростно захрюкала:

— Ну я сейчас им устрою! Эй, пиратки! Что вы делаете?! Это вражеский корабль! В атаку!

— В атаку? — растерялась Пипетка. — Зачем нам их атаковать? Такие забавные зверюшки!

— Эти зверюшки — страшные злодеи, пытающиеся отнять у нас доброго зверька!

— Ах негодяи!

Пипетка страшно рассердилась и, кинувшись к борту, перекусила канат.

«Чёрную розу» качнуло. Пиратки свалились в кучу и тут же в панике заметались по палубе, пытаясь приступить к атаке. Пипетка схватила косметичку и напудрила пятачок.

— А-а-а! — заорала Мама Боча, вытащив с камбуза кастрюлю, полную котлет. — Вам не отнять у нас хорошего парня! Это НАШ зверь!

И стала метать котлеты в команду кота да Винчи.

— Это ещё что такое? — испугался Робин Зонт.

— Котлеты! — обрадовался Светофор Клумба и встал посреди палубы, широко раскрыв пасть и закрыв глаза.

— Все сюда! — крикнула Мама Боча и швырнула в морского волка кастрюлю. — Пипетка, быстро в каюту! Ночь скоро к утру, то есть, тьфу, день к вечеру, а ты кровать не заправила!

Кастрюля сбила с Робин Зонта шляпу и закрутилась у него на голове, издавая звон, похожий на колокольный.

Вдруг посередине пиратской палубы приоткрылся люк, и оттуда показалась Бряка.

Боча кинулась к белке, затолкала её обратно и встала на крышку люка.

— Там Бряка! — завизжала Чуча. — Бедная наша белочка! Её держат в тёмном трюме!

Пиратки, подняв дикий крик, кидались всем, что только попадалось им под лапы, копыта и крылья. В кота полетели вязаные носки, коврики и даже сандалии. Через минуту палуба стала похожа на огромное корыто, полное вещей, приготовленных к стирке.

— Чего вы к нам привязались? — крикнула Пипетка. — Мы честные пираты, мы первые нашли этого мышонка!

— У вас на корабле наша белочка Бряка, отдайте её нам! — крикнул кот. — А Зыза — опасный преступник!

Мама Боча, уперев копыта в бока, грозно хрюкнула:

— Вы что, с луны свалились? В честь какого праздника я вам должна делать такие подарки? Где выкуп?

Где драгоценные камни? Чего только не встретишь в Кошмарском море! Кошмарское море, что с него взять!

В небе за «Чёрной розой» появилась зловещая туча. Вокруг потемнело. Раздался жуткий грохот, и попугай Курун шлёпнулся на палубу. Началась настоящая гроза. Сверкнула молния, и волны, как взбесившиеся псы, кинулись на корабли.

За этой суматохой никто не заметил, как рядом с пиратским судном показались рифы. Кошмарское море будто оскалилось, обидевшись на Маму Бочу.

Глава 17. Кошмарные рифы Кошмарского моря

> Ведь это не мифы,
> Нет, это не мифы,
> Что очень опасны
> Подводные рифы!
>
> Пиратские тайны

— Рифы! Рядом рифы! Нас несёт на рифы! — заголосила Пипетка, судорожно хватаясь за канаты.

— А!!! — заорали все сразу.

— Свернуть гольфы! Опустить левый панталон! Смотать колготки! — крикнула Мама Боча, но поздно.

НАРИСУЙ БУРЮ!!!

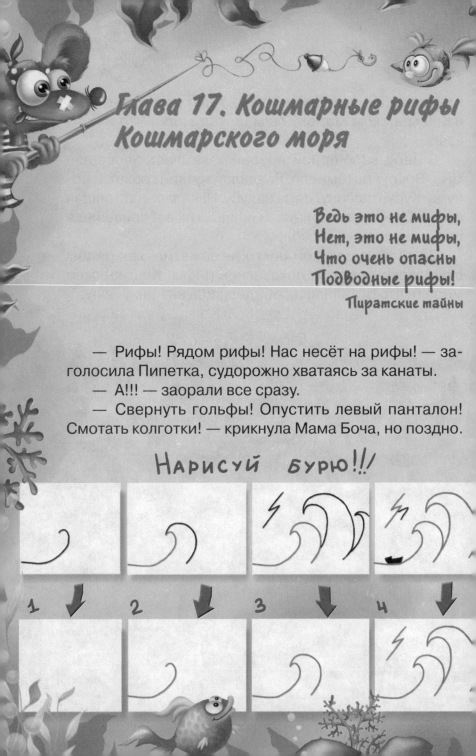

Огромная волна швырнула «Чёрную розу» на рифы. С душераздирающим скрежетом скала проткнула её насквозь, и «Чёрная роза», будто пришпиленная, повисла над морем, черпая кормой воду.

Волна за волной захлёстывали палубу.

Корабль кота да Винчи еле увильнул от рифов и стукнулся бортом о «Чёрную розу».

— Вода взбесилась! Мы тонем! — завопила Мама Боча. — Пипетка, упаковывай кастрюли! Почему ты без спасательного жилета?! Ты простудишься!

— Прыгайте к нам на корабль! — орал кот. — Быстрее! Бряка, где ты? Бряка!

Но его мало кто слышал. Звери хватались за борт и мачты, пытаясь удержаться на палубе. Пипетка подхватила свой любимый фикус и швырнула его в кота:

— Лови!

Кадка стукнулась о борт, и во все стороны полетели осколки. Одна за другой на корабль да Винчи принялись прыгать пиратки.

Пипетка носилась по палубе, перекидывая к коту да Винчи всё, что ей попадалось под копыта, но до «Отважного» ничего не долетало.

— Дорогуша, цепляйся за мой левый борт! — крикнула Мама Боча, подхватив Зызу. — Держись, моя фиолетовая фиалка, крепче! — Мама Боча сощурила свои узкие глазки и примерила расстояние для разбега. — Приготовиться к прыжку на соседнюю шхуну! Разбег от правого носка вдоль по левому гольфу! Швартовый чулок никому не отдавать! Тросы завязать узлами, как у нашего маленького фиолетового друга!

Сверкнула молния, и громадная волна окатила Маму Бочу. Зыза выскользнул из её копыт, и его смыло водой на другую сторону корабля.

— Выпустите Бряку! — крикнул кот.

— Вашу бяку смыло за борт! — крикнула мамаша. — Спасайте меня!

— Э-эх! — взвизгнула Пипетка и первой перепрыгнула бушующую бездну.

Последней, как и положено по морскому закону, приготовилась покидать тонущий корабль капитанша. Мама Боча взглядом поискала фиолетового мышонка. Не увидев его, она романтично хрюкнула:

— Прости, дорогой, судьба разлучает нас! — и прыгнула с корабля.

И вовремя. Огромная волна стащила «Чёрную розу» с рифа и с необыкновенной мощью кинула на него снова. Ба-бах!

— Они тонут! Тонут! — заметались под лапами да Винчи мыши.

— Что мне делать?! Я не умею плавать! — Зыза вскарабкался на капитанскую будку и оттуда что есть мочи орал: — Спасите!

— Держи! — кот кинул спасательный круг на верёвке. Волна качнула корабль, и круг, стукнувшись о борт, плюхнулся в воду.

Зыза, поджав хвост, крикнул:

— У меня мокрые лапы! Я ненавижу воду! Спасите! — и вдруг ни с того ни с сего выпрыгнул за борт.

— Только не это! — вскрикнула Мама Боча. — Спасите его! А ну, быстро! Помогайте ему все!!!

Зыза, пронзительно пища, плюхнулся в море и тут же стал тонуть как топор.

ТАИНСТВЕННОЕ ПОСЛАНИ...

МОЙ ДОРОГОЙ 🐭 !

ЕСЛИ ТЕБЕ НЕ КИНУТ 🍩,

Я НЕ БУДУ 😁, А НАОБОРОТ, 🐟,

И ОТ РАССТРОЙСТВА ДУШЕВНОГО

ВЫКИНУ С ⛵ ВСЕ ☕, 🍴 И 🍴,

ЧТОБЫ ТЫ, МОЙ ♡🐭, ДОПЛЫЛ

ДО 🏝 НА МАЛЕНЬКОМ, УЮТНОМ

СУДНЕ — 🍲, ГРЕБЯ 🍴 И НЮХАЯ

🪴 — МОЙ ПОДАРОК, ВСПОМИНАЯ

МАМУ 🌐. БЕРЕГИ СВОЁ ДОБРОЕ

♡, КРАСИВЫЕ 👀 И РАБОТЯЩИЕ

👉, А ОСОБЕННО — 🐭 !

— Там Зыза! Он украл мои книги! Пусть вернёт книги! Ты обязан его спасти! — кричала сова, вцепившись в да Винчи. — Прыгай за ним! Ты же не можешь в такой момент дать утонуть моему гениальному творению!

Кот подтянул спасательный круг и кинул ещё раз. Но круг снова упал очень далеко от корабля. Да Винчи перегнулся через борт, ловя веревку. И тут морской волк сделал то, чего от него никто не ожидал. Подскочив к коту, он столкнул его с корабля.

— Что ты наделал! — заорали мыши.

Светофор Клумба развернулся и клацнул зубами:

— Молчать! Я — старый пират и не позволю, чтобы мне указывали какие-то там мыши!

Раздался гром. В свете молнии морской волк казался особенно страшным.

— О, ужас! Он — старый пират! — мышей окатило волной, и они, цепляясь за канат, отчаянно пищали.

Наблюдая всю эту заваруху сверху, попугай вдруг встряхнулся и, гордо подняв кверху клюв, произнёс:

— Настал мой час! — И Курун камнем кинулся вниз.

Тем временем Мама Боча схватила ещё один спасательный круг и кинула его в Зызу. Зыза, получив хороший удар по голове, перекувырнулся, и какое-то время над водой торчал только его хвост. Но он всё-таки смог уцепиться за круг и, высунув из воды голову, стал отчаянно фыркать. Мама Боча так быстро тянула спасательный круг за канат, что Зыза чуть не захлебнулся в брызгах. Наконец Мама Боча втянула Зызу на борт.

А да Винчи отчаянно боролся с волнами. Они захлёстывали гения с головой, его лапы еле ворочались в холодной воде. Кота быстро отнесло от корабля так далеко, что тот пропал из виду. Да Винчи выбился из сил и тут почувствовал, как кто-то ухватил его за шкирку и потащил по волнам.

— Настал мой час! — послышался голос попугая, и да Винчи мяукнул от радости, загребая лапами волны.

Курун оказался совершенно невыносливым и постоянно ронял кота в воду. Но каким-то образом им всё-таки удалось добраться до берега. Да Винчи растянулся на холодном песке и потерял сознание. Попугай рухнул рядом. Совсем недалеко, примерно в полукилометре от них, на берег выполз ещё один рыжий зверёк. И точно так же упал без чувств.

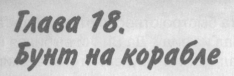

Глава 18.
Бунт на корабле

Кота-капитана увлёк океан.
Да здравствует Зыза!
Он — наш капитан!

Буря ещё долго кружила «Отважный» по волнам, пока его не вынесло на мель. Наступил вечер. Ливень стих,

Придумай имя каждому зверю.
Найди двух одинаковых злодеев.

и на небе иногда выглядывали из-за быстронесущихся туч лучи заходящего солнца.

Чуча стояла на носу и рыдала, вглядываясь в воду:

— Кот да Винчи! Где ты, котик? — всхлипывала она.

Мама Боча принялась выжимать Зызе уши. Тот клацнул зубами, чуть не задев копыта, и, вырвавшись, заверещал:

— Слушайте меня, звери! Теперь я — ваш капитан! Светофор Клумба, бегом к штурвалу! Робин Зонт — на наблюдательный пост! Мы сами найдём Обезьяний остров! И не смейте перечить королю обезьян! Все дамы — бегом на камбуз! Сова, закрой клюв! Если кто ослушается, будет иметь дело лично со мной! А вы меня знаете! — Зыза щёлкнул хвостом, показал мышатам острые зубы и злобно сверкнул глазами.

Мама Боча с интересом наблюдала за Зызой. Рядом с ней толпилась вся её команда.

Даже волны и те, заинтересовавшись происходящим, одна за другой вставали на дыбы, как собаки на задние лапы, и заглядывали через борт корабля.

— Вы что, плохо слышите?! Или забыли, что такое камбуз? Тоже мне — матросы! Слушайтесь меня — я главный! Я первый! — Зыза скривил рот для устрашения матросих-альбатросих и противно хмыкнул:

— Камбуз — это кухня, девочки!

— Да ты, как я погляжу, очень своенравный зверёк! — прямо перед Зызой, подбоченясь, встала мама Боча. Её пятак так гневно раздувался, что каждое слово вылетало с коротким похрюкиванием. — Пятнадцать заплаток на твой носок (не при Пипетке будет сказано)!

И протянула к Зызе копыта.

— Лови его! Так ему и надо! — радостно запищали мыши.

Матросихи захихикали и зашушукались.

— Фи, как некультурно! Мама, прекрати ругаться! — хрюкнула Пипетка и поправила намокшую причёску. — Нехорошо! Ты, прям, как пиратка какая-то невоспитанная!

— Команда! Вольно! Разойдись! — гаркнула Мама Боча, и матросихи разбежались по кораблю. — А ты, мой злобный мышонок, пойдёшь со мной!

И, несмотря на писк и злобное ворчание Зызы, кабаниха подхватила его под бок и потащила к капитанской рубке.

— Светофор! Робин Зонт! Ко мне! Спасите меня! — Зыза дрыгал всеми лапами в крепких объятиях Мамы Бочи. Пираты подскочили к капитанше и тут же отлетели от неё, как от резинового мяча.

— Ну ты, пиратка! Отпусти нашего капитана, а то... — тут Светофор и Робин Зонт поджали хвосты и уши, встали на цыпочки и молча попятились к борту корабля. Со всех сторон их окружили альбатросихи с вилками, поварёшками, сковородками, мётлами и швабрами. По их виду старые пираты сразу догадались, что это очень грозное оружие. И решили оставить Зызу на растерзание Мамы Бочи.

— А то что? — Мама Боча грозно хрюкнула, сдвинула уши и пошевелила пятаком. Она поставила Зызу на палубу, и его тотчас окружили матросихи. — Бунт на корабле?! Кто сбросил кота за борт?! Я ненавижу подлые поступки! Я — честная пиратка и уважаю благородство! Вы выкинули за борт своего же капитана! И этого не могу вам простить даже я — пиратская мамаша! Не говоря уж о моей команде! — Мама Боча приблизилась к задрожавшим от страха пиратам, и хрюкнула Светофору прямо в ухо.

— А-а-а!!! Она лишила меня слуха! — морской волк и карамельная крыса со страшными воплями заметались по кораблю и спрятались за бочку.

Команда «Чёрной розы» крикнула троекратно: «Бо-ча!!! Бо-ча!!! Бо-ча!!!» — и тут же разошлась по кораблю. Только слышались шуршание мётел, звяканье посуды, а где-то застрочила швейная машинка. Мама Боча с минуту постояла, прислушиваясь и принюхиваясь.

Что за прелесть
Боча-мать!
Зызу вдруг
За узел — хвать!

Море понемногу успокаивалось. Волны были уже не такими огромными и страшными. Кое-где ещё слышались беспокойные крики птиц.

Мама Боча вымыла палубу и оглянулась в поисках Зызы, но его нигде не было.

— Опять потерялся! Такой маленький, фиолетовый такой — и такой дерзкий! Ну ничего. От Мамы Бочи просто так ещё никто не уходил!

Тем временем Зыза сбросил за борт спасательные круги и тихонечко спускался по якорной цепи к воде. За ним лезли Светофор и Робин Зонт.

— Что, струсили!? Тоже мне пираты! Испугались какой-то старой кабанихи! — ругался, но тихим шёпотом, на своих подельников Зыза.

— Она вон какая огромная! Больше нас раз в пятнадцать! Что мы могли? — пытался оправдываться морской волк.

— Но мы же не бросили тебя в этот трудный час! Хотя я, как настоящая крыса, первым хотел покинуть корабль! — обиженно пискнул Робин Зонт, но сверху послышался хрюк, и все замолкли.

Зыза прыгнул на спасательный круг. Мимо проплыли бутылки с посланиями, но Зыза не обратил на них внимания. Он знал, что находится внутри, — послание от обезьян, которые приглашают на остров короля. Ну ничего — скоро они перестанут писать, потому что король обезьян — Зыза — уже близко.

Успокоившееся Кошмарское море было похоже на безобидный бассейн. Даже не верилось, что ещё несколько часов назад волны подбрасывали огромный корабль, как маленькую игрушку.

Занятые мытьём, ремонтом и облагораживанием корабля, пиратки не заметили, как от «Отважного» на спасательных кругах отплыли три ушастых фигурки, интенсивно работая хвостами.

Только Пипетка, раскачиваясь в гамаке, подвешенном на самой верхотуре, засыпая, мечтательно произнесла:

— *В закате солнечных лучей*
Три странника в пучине плыли...

Очень хорошо получилось! — хрюкнула она от удовольствия и уснула.

КУРИНАЯ ПРАВДА

ЭКСТРЕННЫЙ ВЫПУСК

СЕНСАЦИЯ!!!

Злые пираты устроили бурю, чтобы в сенсационном выпуске смыло все буквы! Но ваш отважный журналист доставит читателям информацию даже со дна морского!

Найден Зыза!

Он скрывался на загадочном корабле со странным названием «ФиолЭтовая фиалка». У Зызы обнаружен талант: он заставил огромную, никому не знакомую пиратку носить его на руках! Фото-документ прилагается.

Кудаха

КУДАХА

Глава 19. Чудесное племя Трям-тряшек

Мы то тут, мы то там —
Здесь ням-ням, там трям-трям.
В голове ни бум-бум —
Здесь трям-трям, там тум-тум!

Основной закон Трям-тряшек

Море и пиратки остались далеко позади.

Зыза и два его прихвостня — морской волк и карамельная крыса — продирались через густой тропический лес. Тут было темно, сыро и очень страшно. Старые деревья поскрипывали, будто предупреждали друг друга о незваных гостях, тянули изогнутые ветви, цеплялись за одеж-

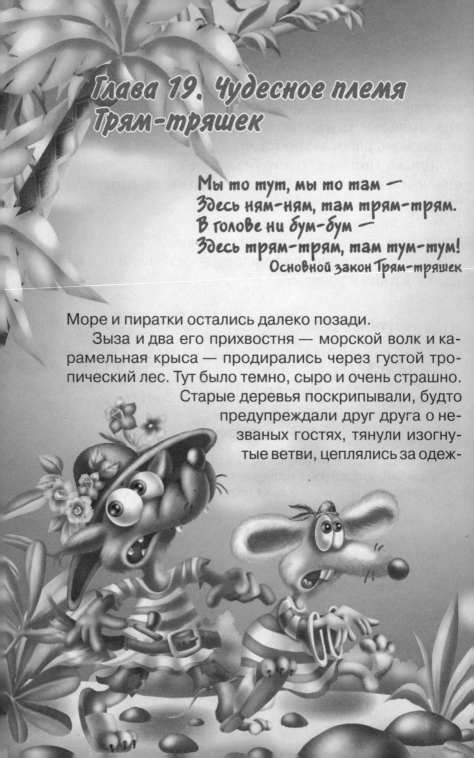

ду. Робин Зонт Крыса жалобно
скулил, поджав хвост. Ему казалось,
что сейчас какое-нибудь растение на-
бросится на него и расцарапает ветками.

Но Зыза упорно шёл вперёд и яростно
размахивал перед собой большим кривым но-
жом. Его глаза дико горели. Вокруг кружила туча
москитов, но они не нападали: пираты были такие
грязные и мокрые, что москиты боялись их кусать.

— Ну где же это племя?! Почему никто не при-
ходит ко мне, к своему королю? Или это снова не тот
остров? — кряхтел Зыза, яростно сражаясь с большим
кустом, попавшимся ему на пути. Куст быстро сдал-
ся, превратившись в кучу обрезанных и надкусанных
веточек. Зыза всей своей мышиной мощью ринулся
дальше, даже не обратив внимания, что в шаге от него
упал кокосовый орех. Наверху, в гуще листвы, за ним
кто-то наблюдал.

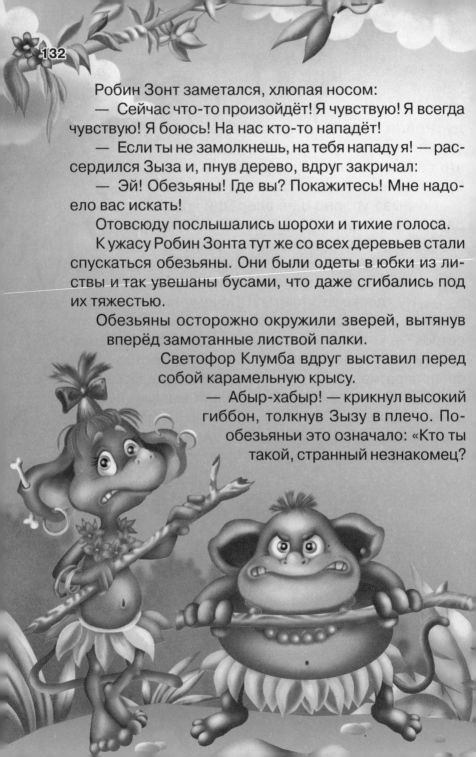

Робин Зонт заметался, хлюпая носом:

— Сейчас что-то произойдёт! Я чувствую! Я всегда чувствую! Я боюсь! На нас кто-то нападёт!

— Если ты не замолкнешь, на тебя нападу я! — рассердился Зыза и, пнув дерево, вдруг закричал:

— Эй! Обезьяны! Где вы? Покажитесь! Мне надоело вас искать!

Отовсюду послышались шорохи и тихие голоса.

К ужасу Робин Зонта тут же со всех деревьев стали спускаться обезьяны. Они были одеты в юбки из листвы и так увешаны бусами, что даже сгибались под их тяжестью.

Обезьяны осторожно окружили зверей, вытянув вперёд замотанные листвой палки.

Светофор Клумба вдруг выставил перед собой карамельную крысу.

— Абыр-хабыр! — крикнул высокий гиббон, толкнув Зызу в плечо. По-обезьяньи это означало: «Кто ты такой, странный незнакомец?

И что ты делаешь в нашем лесу, где проживает досто-почтенное племя Трям-тряшек, добрых и сильноуправ-ляемых обезьян?»

Зыза отодвинул палку и фыркнул:

— Эй, ты чего толкаешься?! Я — Зыза! Я — ваш король! И приехал сюда, чтобы управлять вами! А это мои слуги — морская крыса и карамельный волк. Или как их там? Морская карамель и волчий крыс, хотя это не имеет никакого значения, потому что ваш ко-роль — я.

— О! Это наш король! — закричали обезьяны и так радостно заулыбались, что у Зызы закружилась голова от количества мелькающих вокруг зубов.

Обезьяны шмякнулись на колени, вытянув перед собой лапы. Покланявшись так полчаса, они подхва-тили Зызу и быстро понесли по деревьям к своему обезьяньему стойбищу. Карамельная крыса и мор-ской волк еле успевали за ними. Они не умели лазить по деревьям и, проклиная сушу, перепрыгивали через кочки.

Зыза аж зажмурился от удовольствия!

— Какие же всё-таки тупицы живут в Зверином городе! Они так и не поняли, кто я такой и как ко мне нужно было относиться! Я же добрый парень, ласковый зверь!

— Каждое твоё слово — правда! — ликовали обезьяны. — Каждое твоё слово мудро! Каждое твоё движение прекрасно! Ты — лучший в мире король! Ты — добрый! Ты — фиолетовый! Ты — единственный в мире фиолетовый король!

Деревья расступились, и обезьяны оказались перед высоким частоколом. Двое свирепых охранников-горилл, хмурясь, осмотрели Зызу и хрипло спросили:

— Абыр-хабыр? — Что на сей раз означало: «Кого это вы несёте на лапах? И почему он такой грязный? Не враг ли это? Почему он фиолетовый? Может, этот зверь ядовитый?»

Зыза, не вникая в подробности, тут же крикнул:

— Я — ваш король!

— Король! — восхитились охранники, шлёпнувшись на колени и пропуская племя в ворота.

Обезьяны ввалились за изгородь.

Племя располагалось у подножия небольшого вулкана, заткнутого пробкой. Над маленькими плетёными домиками поднимались струйки дыма, повсюду росли удивительно красивые цветы и порхали бабочки. Некоторые домики были подвешены на деревьях и раскачивались, как качели. В аккуратно вырытых прудиках кружились стайками золотые рыбки. На главной поляне, около самого подножия вулкана, было сооружено нечто, отдалённо напоминающее сцену, на которой стоял красивый трон, украшенный плодами разных деревьев и цветами.

Обезьяны усадили Зызу на трон и бухнулись вокруг него на колени:

— О, наш король! О, Высочество Кошмарского моря! О, песчаный владыка! Что сделать для тебя? Чем порадовать твои очи?

Зыза сглотнул, лихорадочно придумывая, что бы такое для него могли сделать обезьяны. Ведь ему столько всего нужно! Всё сразу и в тройном количестве. Нет! В четверном!

Зыза неопределённо махнул лапой, пытаясь как-то сформулировать свои мысли, и тут же обезьяны обступили его, принялись обмахивать ветками пальмы, мыть разноцветными мочалками, проворно расчёсывать гребешками, а одна мартышка попыталась развязать узел на хвосте своего короля.

— Но-но! Узел не тронь! — завизжал Зыза. — Я его никому трогать не даю! Он мне дорог как память. Память о моей любви! О моей дорогой Пимпочке!

Тут Зызе принесли всякие яства, названия которых Зыза даже не знал. Он просто стал радостно чавкать, сметая всё с огромных разукрашенных блюд. Обезьяны умилённо причмокивали и хлопали в ладоши. Напробовавшись кушаний до того, что уши отяжелели, Зыза принял подарки. Обезьяны принесли ему всё самое ценное, что только нашли: несколько пиратских кладов, драгоценные камни, украшения из зубов крокодила, а также обнаруженные на берегу после бури старинный красный сундук, доверху набитый вещами, и несколько пустых бочек. Зыза всё посмотрел, оценил и взвесил.

— Мало! — капризничал он, рассматривая всё новые и новые подарки.

Обезьяны старались изо всех сил: две очень длинные макаки стали играть на барабанах, а несколько мартышек устроили перед своим королём целое акробатическое выступление с танцами и прыжками.

Никогда ещё Зыза не был так счастлив.

— Ну вот что, — сказал Зыза, вдоволь наевшись и хорошенько отдохнув. — Я — ваш король! С этого дня вы будете работать без сна и отдыха и искать для меня золото и драгоценные камни, которых, как я понимаю, полным-полно на этом нужном мне острове.

КОНДИЦИОНЕР «СДЕЛАЙ САМ»

НЕСИТЕ МНЕ ВСЁ! И ПОБОЛЬШЕ!

Праздники отменяются! Плакать можно только изредка! Смеяться нельзя! А сейчас берите в лапы палки и обыщите остров! Приведите сюда всех, кого только найдёте! Связанных! За мной охотится да Винчи, и, хоть он и упал за борт, я все-таки подозреваю, что этот наглый кот появится здесь с минуты на минуту! Мы нанесём удар первыми! Мне давно хочется расквитаться за всё то зло, которое я ему причинил!

— Абыр-хабыр! — завопили обезьяны, бросившись за ворота. Они так полюбили своего короля, что сломя голову кинулись выполнять его приказания.

— Ну разве я не по-настоящему велик?! — спросил сам себя Зыза и тут же, вскочив, ответил: — Да! Я — настоящий король!

— Да, Зыза, ты теперь король, но где обещанные нам сокровища?! Где золотые горы? Где деньги? — оскалился Светофор Клумба. Он снял шляпу и быстро, достав из неё кривой нож, кинулся на Зызу.

— Сейчас будет драка! Я боюсь драк! Я в этом не участвую! — заскакал вокруг Робин Зонт Крыса, зажмурясь и крутя перед собой кулаками.

— Спасите! — прохрипел Зыза, пятясь к трону.

Вдруг ворота распахнулись. Обезьяны с криком бежали обратно, неся на вытянутых лапах какое-то рыжее животное. Светофор Клумба спрятал нож и пробормотал:

— Я пошутил. Просто это у меня юмор такой...

— Ах ты предатель! — заверещал Зыза, но Светофор Клумба уже исчез, будто его и не было.

— Смотрите! Белка Бряка! Обезьяны принесли белку Бряку! — восторженно воскликнул карамельная крыса. — А я думал, она утонула.

— Хорошие обезьяны! — обрадовался Зыза. — Теперь нам есть чем шантажировать да Винчи! А сейчас я хочу выступить. Садитесь все и слушайте своего короля!

ШКОЛА ЗЫЗЫ РИСУЕМ ПРЕКРАСНОГО ЗЫЗУЛЮ

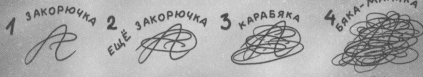

1 ЗАКОРЮЧКА   **2** ЕЩЁ ЗАКОРЮЧКА   **3** КАРАБЯКА   **4** БЯКА-МАЛЯКА

5 ТЕПЕРЬ ЛОВИМ ГЕНИАЛЬНОГО КОТА ДА ВИНЧИ И ЗАСТАВЛЯЕМ ЕГО НАРИСОВАТЬ КРАСИВОГО ЗЫЗУ!!!

6 А ТЕПЕРЬ ГОВОРИМ, ЧТО НАРИСОВАЛИ МИЛОГО ЗЫЗУ САМИ!!!

7 А КТО НЕ СОГЛАСЕН, БУДЕТ ИМЕТЬ ДЕЛО СО МНОЙ!!!

ЗЫЗА

Глава 20.
Мы спасём тебя, Бряка!

Кот очнулся после бури — красота!
Что такое эта буря для кота?
Хвост кота обсохнет!
Ум кота не мокнет!!!

Да Винчи проснулся от яркого утреннего солнца. Он лежал на удивительно красивом песке, сверкающем так, словно был сделан из золота.

Да Винчи присмотрелся. И точно! Это был золотой песок! Золотой песок Обезьяньего острова! Дивный красоты пейзаж восхитил отважного гения. Алмазные горы переливались, светились на солнце всеми цветами радуги. Из изумрудно-зелёного леса вытекала речка с настолько прозрачной и чистой водой, что было видно дно, всё сплошь из драгоценных камней.

Вдалеке по песку бегали какие-то звери.

— Смотрите, вон кот! Я его вижу! — запищал тоненький голосок.

К коту подскочили мыши, а за ними Дзынь, Савви в корзине и Угуха.

— Да Винчи, ты живой? — плаксиво спросила Чуча.

Ого! Четвероног!

или Четверола

— Кажется да! Попугай спас мне жизнь!

— Какое счастье, что мы тебя нашли!

— Что случилось? Как я упал с корабля?

— Тебя столкнул Светофор Клумба, он оказался пиратом, — пробормотал Бубуша. — И если бы не Мама Боча, то наш корабль захватил бы Зыза.

— Мама Боча? А разве она не заодно с Зызой?

— Нет! Мама Боча молодец! Она на него хрюкнула!

— А где же она?

— Она пошла искать Зызу. Всё равно он ей очень нравится, и Мама Боча решила его усыновить.

Сова недовольно ухнула, топнув по песку:

— Нашла, кого усыновлять! Лучше бы книги читала!

Чуча запищала ещё громче:

— Мы думали, он утонул, но Шмутц нашёл следы на песке. И сказал, что это следы Робин Зонта, Светофора Клумбы и Зызы.

— Вообще этот Шмутц крайне невоспитан. Как только догадался, что здесь живут обезьяны, так схватил коробку подтяжек и убежал в лес. Как будто обезьянам нужны его подтяжки! — снова встряла сова.

— А ещё Шмутц видел следы белки!

— Молчала бы! — воскликнула Угуха. — Не видишь, коту плохо! Пусть он сначала в себя придёт, найдёт мою книгу, а потом уже занимается всякими пустяками.

— Котик! Мы так испугались, когда ты упал в воду! Мы пытались прыгнуть за тобой, но нам помешал Зыза! Никогда больше не теряйся! Нам было без тебя так плохо!

— А-а-а! Кажется, в нас чем-то кинули! — Сова присела, подняла крылья над головой и закрыла глаза. — Чур, я в домике!

— Ложись! Это Зыза что-то кинул! Вдруг сейчас всё взорвётся! А-а-а! — мышата забегали вокруг кота и попытались зарыться в песок.

Да Винчи приготовился к прыжку, чтобы перехватить что-то, странно летящее на его друзей, но вдруг радостно воскликнул:

— Не бойтесь! Это наш друг — попугай Курун!

— Я нашел всех, кто упал за борт! Я — настоящий спасатель! — закружил вокруг попугай.

— Где белка? Где все?

НЕТ! ЭТО НЕ ПЕНЬ!
ОТГАДАЙТЕ, ЧТО ЭТО ТАКОЕ?

— Они находятся в племени Трям-тряшек. Белка и Шмутц в плену! Их держат в клетке с деревянными прутьями! А Зыза сидит на троне в короне. Я бы спас белку, но обезьяны закидали меня кокосами!

— Как же нам теперь белку освободить? У нас нет оружия, нас мало, а обезьян очень много, они вооружены до зубов палками и кокосами. И все подчиняются Зызе!

— Обезьяны живут посреди острова, прямо у вулкана! Идите по направлению к вулкану, и вы окажетесь в их стойбище.

Кот посмотрел на Куруна, сощурил глаза и поднялся.

— Вот что, друзья! Если Зыза нашёл способ облапошить обезьян, то мы тоже найдём способ облапошить Зызу. Ведь у него ещё ничего не получалось, и ни одно дело он не смог довести до конца. Злодеем быть неинтересно и даже невыгодно. У меня уже есть идея! Попугай, нарисуй нам план расположения племени!

Попугай нарисовал кружок, вокруг ещё кружок и ещё — всего получилось шесть кругов.

— Это что такое? Тир? Пень? Круги на воде?

— Похоже, это круги перед глазами попугая! — разозлилась сова. — Голову солнцем напекло, вот он и рисует что попало!

Курун замахал крыльями:

— До чего же вы непонятливые звери! Тут же все ясно нарисовано! Это вулкан, окружённый домиками, которые окружены забором, который окружён лесом, который окружён песком, который окружён

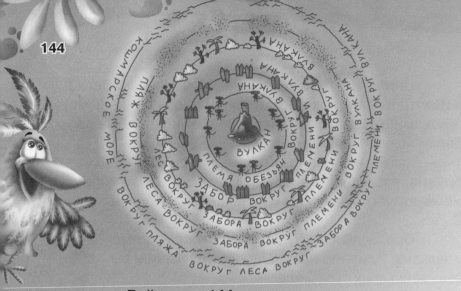

морем. Всё просто! Море мы уже преодолели, песок и лес пройти легко, а вот забор охраняют два очень грозных стража. Они все время чешутся и говорят на непонятном языке.

— Молодец! — похвалил кот. — Пока ты рисовал, я придумал гениальный план, как нам спасти Бряку!

— И мою книгу! — сказал кто-то.

Звери собрались вокруг своего капитана и стали слушать план. Чуча даже попискивала от нетерпения.

— Первый пункт моего плана — убрать от ворот охранников, — зашептал кот. — Для этого мне понадобятся фиолетовая краска из нашей походной сумки, попугай и тот, кто больше всех похож на Зызу.

Все посмотрели на Пика. Мышонок замотал головой и попятился.

— Да, правда, ты больше всех похож на Зызу, потому что он твой родственник! — подбодрила Пика Чуча.

— Мы гримируем нашего отважного мышонка в Зызу, и он идёт договариваться с охранниками, чтобы они куда-нибудь ушли до вечера. Они решат, что перед ними король, и подчинятся. Так мы пройдём за ворота.

— Так они же сразу догадаются, в чём дело! У Пика такой слабенький голос!

— Эта деталь у меня тоже продуманна. Голосом Зызы будет говорить попугай. Мы замаскируемся под фрукты и заберёмся на дерево. Я буду подсказывать Куруну, что говорить, он будет кричать голосом Зызы приказания для охранников, а Пик — открывать рот. А сейчас нам нужно замаскироваться. Попугай будет кокосом, я — ананасом, Дзынь — бананом, Кудаха — манго, Чуча и Бубуша — финиками. Черепахыч Савви может, если хочет, быть камнем. У него это отлично получится.

— А кем буду я? — нахохлилась Угуха.

— А ты будешь крупным фиником.

«Сами вы все финики. Я — редкий фрукт!» — хотела сказать сова, но промолчала.

КУРИНАЯ ПРАВДА

НЕ ЭКСТРЕННЫЙ ВЫПУСК

Кот всё-таки — гений!

Он очень быстро придумывает гениальные планы по обезвреживанию коварного злодея Зызы. В целях конспирации тайный план не разглашается, но для читателей «Куриной правды» эксклюзивно сообщаю: *Попка — не дурак!*

КАК ВСЕГДА НЕ ВОВРЕМЯ
ВАША КУДАХА

СУПЕРЖУРНАЛИСТ
КУДАХА

Глава 21. Я — главный!

Зыза, наслаждаясь королевской властью, изводил обезьян капризами: то просил принести ягоды, то фрукты, то требовал обмахивать себя ветками, то сдувать с него пылинки. Обезьяны совсем измучились, носясь вокруг. Зыза запретил им радоваться, улыбаться, петь и танцевать — в общем, запретил всё то, что они так любили делать и ради чего жили.

Зыза не унимался:

— Я всегда мечтал стать артистом и выступать перед публикой! Петь я не люблю, стихи учить не желаю, как бы мне так выступить, чтобы ничего не делать и все хлопали?

КАКИХ ПОДАРКОВ БОЛЬШЕ ВСЕГО?

ЗЫЗА — КОРОЛЬ!

ЗЫЗА ХОЧЕТ РАЗЛОЖИТЬ ПОДАРКИ НО У НЕГО НИЧЕГО НЕ ПОЛУЧАЕТСЯ!!!

— Прекрати издеваться над обезьянами! — крикнула Бряка.

Она сидела в огромной клетке вместе со Шмутцем.

— Молчи, пленница! — прикрикнул Зыза. — О! Придумал! Я буду трагично рассказывать о самых страшных минутах своей жизни! А вы вздыхайте и сочувствуйте!

Обезьяны уселись вокруг, притихшие и растерянные. Только Робин Зонт обрадовался:

— Я буду сочувствовать! Я очень хорошо умею сочувствовать! Так порой рассочувствуюсь, что чихать начинаю! И тогда чихать мне на всё, так я рассочувствуюсь!

Зыза, скрипя зубами, начал выступление:

— Вся моя жизнь горька и ужасна! Меня обижали все!

— Пчхя! — тут же заплакал Робин Зонт, уткнувшись в Зызин хвост.

КАКИХ ПОДАРКОВ СОВСЕМ МАЛО?

ПОМОГИТЕ ЗЫЗЕ!

— Мыши забыли, что я их дядя! — оттолкнул король крысу. — Сова пишет обидные книги! Но больше всего меня обижает кот да Винчи! Он заставил меня вернуть в музей картину «Улыбка Анаконды»! А я так люблю искусство! Он заслал ко мне в логово шпионов! Не отдавал карту сокровищ! Он меня всё время разоблачает и не даёт делать то, что хочется! А сколько стихов про меня дурацких сочинили! Знаете, как мне обидно! Я ведь король!

— О! Ты — король! — грустно отозвались обезьяны.

Зыза, заломив лапы, жаловался и даже один раз трагично хлюпнул носом, наслаждаясь выступлением.

— Тебя никто не обижал, это ты всех пытался обмануть! — вмешалась белка.

— Не зли его! Он может отобрать у меня подтяжки! — зашептал Шмуц. — Обезьянам скоро надоедят его глупые выходки. И я заинтересую их товаром.

— Молчать! — крикнул Зыза. — Я — главный! Я — король! Я — суперзвезда! А это мои слуги-обезьяны, которые по приказу могут сделать всё что угодно! Вот я сейчас им прикажу, и они сделают! Вот смотрите! Обезьяны! Уплывайте с острова! Теперь я здесь бу-ду жить!

Обезьяны захлюпали носами, поднимаясь с мест. Они принялись прощаться с родными пальмами, обнимать друг друга и плакать.

— Как ты можешь прогонять добрых обезьян из их родного дома! — кинулась на прутья клетки Бряка. — Ты поступаешь подло!

— Пускай идут! Мне надоели их обезьяньи физиономии! Может быть, я хочу побыть один! — рявкнул Зыза.

Обезьяны, утирая слёзы листьями, побрели к воротам. Там они остановились, чтобы в последний раз глянуть на родные места:

— Прощайте, родные пальмы! Прощай, дорогой вулкан! Прощай, наш король! Мы хотели тебе добра... — шептали они.

Зыза подошёл к клетке и постучал по ней короной.

— Ну что, белка, довыступалась? Я вас сейчас буду мучить, и никто мне не помешает!

А тем временем за воротами происходили совершенно необъяснимые события.

ЭКСКЛЮЗИВ МАНГО

СУПЕР-АНАНАС СПЕЛЫЙ

Я — КОКОС СПЕЛЫЙ

ЗРЕЛЫЙ ФИНИК

ФИНИК ПРОСТОЙ

ЧУДО-БАНАН ЗВЕЗДА

СУШЁНАЯ ВЕТКА

ВЕТКА-ВИЛКА

БАОБАБ СУХОЙ

РЕДКИЙ ФРУКТ САМ ТЫ ФИНИК!

КАМЕНЬ ПЛЕТЁНЫЙ

Глава 22. План

Смотрят снизу все на нас —
Манго, финик, ананас
На одном на дереве...
Ясно, не поверили!

Иногда в природе случаются ничем не объяснимые явления. Впечатлительные звери их называют волшебством, а умники — природными аномалиями.

Как назвать ЭТО явление, никто не знал.

Около поселения обезьян, на сухом баобабе, внезапно выросло семь разных плодов. Они росли на самой крепкой ветке и не висели, как это принято, а сидели на ней кучкой сверху и время от времени менялись местами. Лишь один крупный финик почему-то рос в корнях дерева, около большого плетёного камня. Из-за ограды доносились еле слышные обезьяньи голоса. В тени баобаба, как раз возле ворот племени Трям-тряшек, развалились два охранника-гориллы. Они зевали и лениво почёсывались, совершенно не замечая, как из ананаса на баобабе показалась рыжая лапа и постучала по кокосу. Кокос вздрогнул и чуть не свалился на крупный финик.

— Пора! — еле слышно шикнул ананас.

— Почему лежим? Почему ничего не делаем? Встать, когда разговариваете с королём! — истошно заорал кокос голосом Зызы.

Гориллы испуганно подскочили, да так высоко, что чуть не сбили фрукты с дерева, и стали оглядываться.

Рядом никого не было.

И тут, к их удивлению, из кустов вышло нечто, отдалённо напоминавшее очень больную мышь.

Шерсть мыши была слипшаяся и торчала в стороны фиолетовыми клочьями, сильно пахнущими краской. На голове у мыши была корона из бананов, на спине — мантия из листьев, а на груди — табличка с надписью:

БАНАНОВАЯ КОРОВА

ЗЫЗА — КОРОЛЬ НАСТОЯЩИЙ

За мышью волочилась длинная лиана с узлом на конце.

— Абыр-хабыр? — испугались гориллы.

Пик открыл рот, закрыл и открыл снова — но звука не последовало.

— Здравствуй, облезлый зверёк в банановой короне! Что ты делаешь у ворот нашего племени и почему ты так скверно выглядишь? — хором произнесли гориллы уже на зверином языке.

Странный мышь поднял голову и посмотрел вверх. Гориллы тоже стали смотреть вверх, но ничего подозрительного не увидели.

— Я — ваш король Зыза! И пришел посмотреть, как вы тут охраняете мое королевство! — раздалось откуда-то с баобаба.

Охранники, ничего не понимая, смотрели то на мышь, то на небо.

Пик открыл рот и стал кривляться, изображая речь:

— Верьте мне! Я — король Зыза!

— Но почему ты так не похож на себя?

— Пх, мм-ау! — продолжил Пик, дрожа от страха.

Попугай так разгорячился, что, позабыв обо всем, стал орать своим попугайским голосом.

— Я — король! Захочу, буду на себя похожим, захочу — нет! А! Ой-ё-ёй! Чего ты толкаешься, я сам знаю, как и что говорить!

Голос затих, и тут с баобаба прямо на голову одной гориллы свалился кокос. Горилла упал на траву, а кокос, немного поскакав по горилле и получив подзатыльник от крупного финика, улетел, расправив кокосовые крылья.

— Абыр-хабыр! — затараторили охранники, ничего не понимая.

— Страшная беда случилась, о обезьяны! — закричал другой голос с баобаба, с сильным кошачьим акцентом. — Вы должны срочно открыть ворота и пропустить туда меня, короля Зызу, и всех, кого я с собой приведу! Вы должны выполнять все мои приказы!

— Мы и так выполняем! Нам велено никого не впускать, никого не выпускать, вот мы и не впускаем.

— Что, и меня не впустите?

— Да, мы никого не впустим! Ни тебя не пустим, голос без короля, ни тебя, король без голоса! — подтвердил упавший охранник. Он сел на траву и принялся чесать ушибленную макушку. — Мы исполняем все приказы до конца. Вот когда этот приказ до конца исполним, тогда начнем исполнять новый!

Пик стукнул себя лапой по лбу, не зная, что придумать, но голос сверху продолжил:

Над землёй летит кокос.
У кокоса крылья, нос,
Как у попугая !
Что летит — не знаем!

— Молодцы, обезьяны! Так держать! Но теперь задание усложняется! Вы должны не только никого не впускать и не выпускать за ворота, вы теперь должны никого не впускать и не выпускать с острова. Поэтому берите палки и бегите на берег! Понятно?

— Теперь понятно! — подскочили гориллы и, воодушевлённые сложностью задания, молча кинулись в лес.

— Получилось! Получилось! — запрыгал банановый король и уселся на веточку у ограды.

Но он рано радовался. Из-под баобаба со страшным рёвом выскочил крупный финик и стал вопить, размахивая крыльями:

— Ты чуть всё дело не испортил! О чём ты думал?

— Тихо! — спрыгнул с баобаба ананас. Из него показалась голова да Винчи и произнесла:

— Конечно, всё прошло не без помарок, но главное сделано — путь в обезьянье поселение открыт!

Звери сняли с себя костюмы и подошли к воротам. Вблизи они оказались намного больше и неприступнее. Облупившиеся брёвна, туго стянутые золотыми цепями, уходили далеко в небо.

— Как же мы туда попадём? — пискнула Чуча.

На воротах не было ни ручки, ни кольца, за которые можно было бы потянуть.

— Не бойтесь, друзья мои, с вами я, а значит, любая проблема — не проблема, а беда — не беда! Если охранники отрывали ворота, значит, и у нас это получится. Вот только нужно найти рычаг.

— Ой, я, кажется, на нем сижу! — покраснел Пик, спрыгнув с ветки.

Кот потянул за рычаг, и ворота стали медленно открываться.

КУРИНАЯ ПРАВДА

ФРУКТОМ МОЖЕТ СТАТЬ КАЖДЫЙ!

Для этого нужно выбрать правильный цвет, подобрать тон и найти большое старое дерево с ветвистыми лапами.

И зрейте себе в удовольствие!

Лично побывавшая ананасом Кудаха

Глава 23. Сражение

Зыза восторженно расхохотался, глядя на плачущих обезьян.

— Не выгоняй бедных обезьянок! — взмолилась Белка. — Им некуда идти!

— Мои обезьяны! Захочу — прогоню, а захочу — обратно верну. Видишь, какие они у меня послушные?

Племя Трям-тряшек, всхлипывая и причитая, подошло к самым воротам и вдруг остановилось.

— Убирайтесь быстрее! Мне надоели ваши жалкие хвосты! — крикнул Зыза и замер.

У ворот стояли да Винчи и его отважная команда.

Кот взмахнул флагом, сделанным из ветки пальмы:

— Слушайте меня, обезьяны! Вам не нужно покидать остров! Зыза — обманщик! Никакой он не король! Это коварный преступник, которого разыскивают все честные звери!

Обезьяны остановились, открыв рты.

— Это кто там ещё пришел?! — рявкнул Зыза. — Ой, кот, здравствуй! Только тебя тут и не хватало! Это мои обезьяны! И они слушаются только меня! Что хочу, то и приказываю! Я — их король.

Но кот замотал головой:

— Нет, это неправда! Он не король, а негодяй! Мы пришли, чтобы вас спасти. Вам не нужно слушать Зызу и покидать остров!

Обезьяны завертелись, не зная, что делать.

— Бардак в королевстве!— рассвирепел Зыза. — Ну, я вам сейчас покажу! Ну, я вам сейчас устрою! Ну, вы сейчас у меня узнаете! Эй, пираты, куда вы делись? На помощь своему капитану!

Зыза вскочил с трона и принялся метать в кота кокосы. Но, так как лапы у него были такие же кривые, как и хвост, Зыза вместо кота попадал только в собственных обезьян.

Перепуганные обезьяны принялись так рьяно скакать, что у Зызы закружилась голова.

Светофор Клумба выскочил из-под трона и схватил Робин Зонта за шкирку.

— Бей их! — крикнул морской волк, кинув карамельную крысу на сову, а сам бросился на Дзыня.

Дзынь, увидев надвигающуюся опасность, хотел резво отскочить в сторону, но, так как ноги его до сих пор заплетались, рухнул прямо на волка. Морской волк получил клювом в лоб и свалился на Робин Зонта, который пытался драться с кем-нибудь наугад, зажмурившись и размахивая лапами. Карамельная крыса взвизгнул, больно цапнул волка за ухо, и оба скрылись под огромной шляпой.

Дзынь радостно заскакал по шляпе:

— Вот вам! Будете знать, как на звёзд нападать!

— Котик! Мы здесь! Спаси нас! — крикнула белка.

— Эй, обезьяны! Прекратите прыгать! Слушайтесь меня! Я — ваш король! — верещал Зыза, метая в них бананы и финики.

— Это ещё почему ты король?! — возмутилась сова. — Эй, обезьяны! Не слушайте этого вруна! Верьте мне! Я — ваша королева!

НАСТОЯЩАЯ КОРОЛЕВА УГУХА I ВЕЛИКОЛЕПНАЯ

ОТВАЖНАЯ ПТИЦА УГУХА ПРЕМУДРАЯ, КОТОРАЯ ВСЕГДА ПРАВА!

Обезьяны, перестав прыгать, как град посыпались на землю.

— Ты — наша королева? — обезьяны открыли рты и с глупыми физиономиями принялись разглядывать Угуху.

— Я! — подтвердила сова. — Это точно! Я вам всем составлю гороскопы и научу жить по Лунному календарю.

Зыза завертел головой, не понимая, что происходит.

— О, наша королева! — бухнулось на колени всё племя Трям-тряшек.

— Меня предали! Измена! — заорал Зыза. — Обезьяны, вы что, забыли меня? Вашего короля! Вашего Зызочку, ласкового парня?

Но обезьяны как зачарованные тянулись к сове и гладили её лапами.

— Наша королева! Наша госпожа! — бормотали они.

— А я — ваш принц! — крикнул Шмутц.

— О, принц! — обрадовалось племя.

Зыза заметался у клетки, пытаясь к ней никого не подпустить, но, как только к нему подбежал кот да Винчи, кинулся прочь.

Кот отодвинул засов, и обезьяны тут же с поклонами кинулись освобождать Шмутца. А да Винчи помог выйти Бряке.

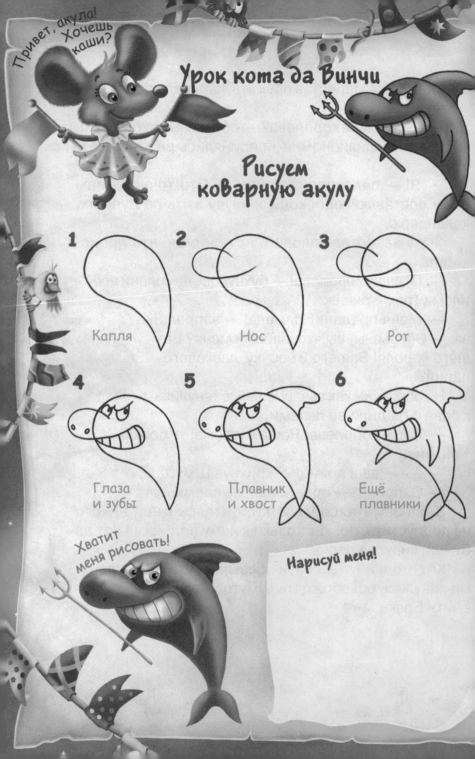

Привет, акула! Хочешь каши?

Урок кота да Винчи

Рисуем коварную акулу

1 Капля

2 Нос

3 Рот

4 Глаза и зубы

5 Плавник и хвост

6 Ещё плавники

Хватит меня рисовать!

Нарисуй меня!

— О, котик! Я знала, что ты меня спасёшь! — растрогалась белка, растирая затёкшие лапы.

— А мы что? А мы ничего? — Светофор Клумба поднял карамельную крысу и часто-часто заморгал глазами. — Я думал, это игра такая, называется «Кто кого веселее отлупит»...

— Мы просто так! — засуетился рядом Робин Зонт Крыса.

— Вечно так! Ни на кого нельзя положиться! Ну ничего, у меня на этот случай есть кое что в запасе. Сейчас вы поймёте, что недооценивали Зызу! Сейчас вы узнаете, какой я был хороший король! — Зыза быстро полез вверх по вулкану. Добравшись до самой верхушки, он пронзительно закричал:

— Эй, вы там! Звери! А ну отойдите от моих обезьян и сдавайтесь в плен, а не то я вытащу пробку из вулкана и вас затопит лавой!

— Но тогда ты погибнешь и сам!

— А вот и нет! Я залезу на пробку и выплыву на ней в море!

Кот да Винчи кинулся вверх по склону:

— Стой! Не смей этого делать!

Обезьяны горько заплакали, упав к тонким совиным лапам. Больше всего им было жалко свою новую добрую королеву! Великую птицу! Настоящего издателя собственных гениальных произведений!

— Не видать нам боле честных гороскопов и календарей!!! — громко запричитали мартышки в свой последний час.

Зыза потянул на себя пробку, и земля вздрогнула. Кот был уже совсем близко, но тут камень под его лапами обломился, и да Винчи кубарем покатился по вулкану вниз.

— Ха-ха-ха! — обрадовался Зыза и начал считать, дёргая пробку: — Раз, два...

Кот зацепился за выступ и вскочил на лапы. Но он был слишком далеко — теперь точно не успеть!

Из-под пробки со свистом вырвался столб пара. Звери зажмурились.

— Я ещё не успела написать свой самый главный бестселлер! — ухнула сова. — Как это несправедливо! Я ещё хотела снять мультфильм! Я ещё хотела выйти замуж за Дзыня! То есть нет, этого-то я как раз не хотела!

— Два с половиной... — крикнул Зыза.

— Четыре! — вдруг раздался знакомый бас. Неизвестно откуда, позади Зызы появилась Мама Боча и придавила пробку копытом.

— Ну что, дружок, попался? — радостно хрюкнула она, копытом потрепав Зызину макушку. — От меня не уйдёшь! Уж если я кого полюбила, то это навсегда!

КУРИНАЯ ПРАВДА

Обнаружено совершенно необразованное племя обезьян! Они не умеют читать и никогда в жизни не видели элитное издание «Куриной правды».

По мнению моего птенца Бройлера, кто не читает «Куриную правду», тот обезьяна.

Редакция не несёт ответственности за высказывания непосредственных и неоперившихся птенцов.

Курица Кудаха,
первый журналист на первом острове
безграмотных обезьян!

Достал клещи из кармана,
Вынул пробку из вулкана —
Хочешь всех нас погубить,
Остров лавой затопить?

Не буди, дурная мышь,
Тот вулкан, где сам сидишь!

Я больше не буду!

Кто меня пожалеет?

Я хочу на ручки! Налейте мне молока!

Я могу мурлыкать как котёнок...

Глава 24.
Простите честных пиратов!

Я на Бочу не сержусь,
Я ещё ей пригожусь!
Я прошу меня простить,
Накормить и отпустить!

Мама Боча сбежала с горы, неся на вытянутых копытах вырывающегося Зызу.

Тот шипел от злости, словно вскипевший чайник:

— Отпусти меня, кабаниха! Отпусти, укушу!

— Кусай, если зубов не жалко! О мои копыта ломаются даже акульи пасти! — Мамаша кинула злодея в клетку.

— Ура! — закричали все. — Попался!

— Ну что, Зыза, пришла пора тебе всё нам рассказать, — произнёс кот. — Зачем ты похитил Бряку?

Зачем украл книгу совы? И все остальное? И наконец, куда делся тот корабль, на котором ты уплыл?

— Не скажу! — рявкнул Зыза и отвернулся. — У меня есть своя гордость!

— Смотри, Зыза, как бы тебе не пришлось просидеть в этой клетке до конца своих дней! — пригрозил кот.

— Ну ладно! — тут же спохватился Зыза. — Только я ни в чём не виноват! Это они меня заставили! Вот их нужно сажать в клетку! — и он указал лапой на Светофора Клумбу и Робин Зонта, скромно крадущихся к воротам.

— Эй, а вы куда собрались? — удивился да Винчи.

Светофор остановился, подняв тощие лапы, и Робин Зонт стукнулся о его спину.

— Зыза вас обманывает! Это была его идея — заманить кота на остров! — протараторил морской волк и три раза оглянулся на клетку.

Зыза в гневе бросился на прутья:

— Да что бы вы без меня делали?! Нам кот был нужен! То есть нам нужна была белка, то есть книга! То есть нет! Нам никто не нужен! Белка сама к нам привязалась, книжки мы в лесу нашли, а кот приплыл сам! Я тут ни при чём!

— Не выкручивайся, Зыза, говори всё как есть! Зачем ты заманил нас на этот остров? — кот нахмурился и так грозно посмотрел на пиратов, что Робин Зонт Крыса не выдержал и заорал что есть мочи:

— Пчхя! А как бы мы, по-вашему, добрались до острова? Пчхя! Пчхя! Мы не дураки — в одиночку плавать по Кошмарскому морю!

— Да, — подтвердил Светофор Клумба, — Макаронную впадину ещё никто не преодолевал! Если бы не твои гениальные мозги, мы бы сюда никогда не попали. К тому же море кишит ужасными чудовищами! От восьминогов ещё никто не уходил! Да и от Квадракатицы тоже! Только ты, да Винчи, мог сюда добраться! И Зыза решил этим воспользоваться.

Кот сказал:

— Где второй корабль? И каким образом белка оказалась на корабле пираток?

— Где, где... Не было никакого второго корабля! Мы его выдумали!

Светофор Клумба тяжело вздохнул и отвернулся от Зызы.

— Зыза придумал похитить Бряку и самые дорогие вещи всех зверей, а потом сказать вам, что он как будто уже уплыл в море. А на самом деле он прицепил к нашему кораблю лодочку.

— Пчхя! И спокойно доплыл бы до Обезьяньего острова, если бы Мама Боча не спутала нам все планы! — добавил Робин Зонт, нервно подёргивая усами.

Чуча хлопнула себя по лбу:

— Так вот почему морской волк не разрешал никому смотреть за корму! А я ведь видела и лодку, и Зызу! Это было никакое не видение! Это была чистая правда!

— Вот видишь, Чуча, как они тебя обманули! — вдруг заявил Зыза. — Они хуже меня в сто раз! Посадите их в клетку! А меня выпустите и накормите!

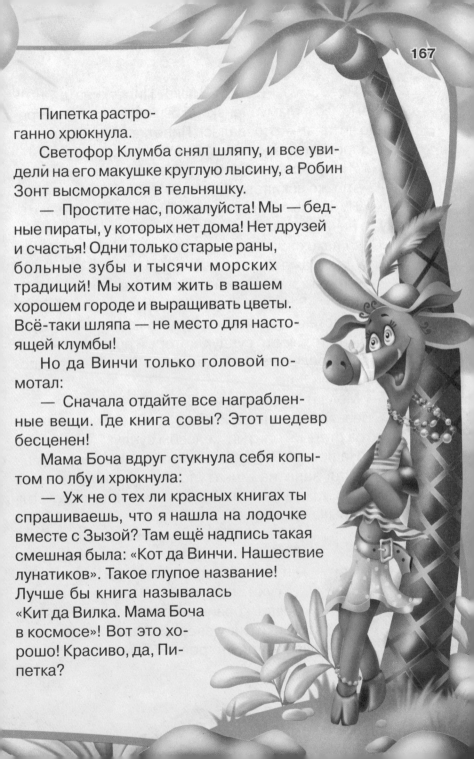

Пипетка растро-
ганно хрюкнула.

Светофор Клумба снял шляпу, и все увидели на его макушке круглую лысину, а Робин
Зонт высморкался в тельняшку.

— Простите нас, пожалуйста! Мы — бед-
ные пираты, у которых нет дома! Нет друзей
и счастья! Одни только старые раны,
больные зубы и тысячи морских
традиций! Мы хотим жить в вашем
хорошем городе и выращивать цветы.
Всё-таки шляпа — не место для настоящей клумбы!

Но да Винчи только головой по-
мотал:

— Сначала отдайте все награблен-
ные вещи. Где книга совы? Этот шедевр
бесценен!

Мама Боча вдруг стукнула себя копытом по лбу и хрюкнула:

— Уж не о тех ли красных книгах ты
спрашиваешь, что я нашла на лодочке
вместе с Зызой? Там ещё надпись такая
смешная была: «Кот да Винчи. Нашествие
лунатиков». Такое глупое название!
Лучше бы книга называлась
«Кит да Вилка. Мама Боча
в космосе»! Вот это хо-
рошо! Красиво, да, Пи-
петка?

— По-моему, «Кит да Вилка. Пипеткина диета!» лучше. Мило и гламурненько! Я бы такую книжку непременно читала! — отозвалась Пипетка из тени кокосового дерева и продолжила точить пилкой копытца.

— Я сама решаю, как называть свои произведения! — тут же вскипела Угуха.

— Ну и называй, как хочешь! Правда там называтьто уже нечего.

Сова нахохлилась, как воробей на морозе, и подпрыгнула к Маме Боче:

— Что ты хочешь этим сказать? Где мои книги?

— Как где? На дне моря! Вот где! Корабль-то утонул! А вместе с ним и наш красивый красный сундук.

— А не тот ли это сундук, который обезьяны нашли на берегу после шторма и подарили Зызе? — предположил Робин Зонт.

— Молчать! — завизжал Зыза.

Обезьяны кинулись к трону и вытащили из горы фруктов старый, обитый железом сундук.

— Нашёлся! Пипетка, посмотри! Нашлась наша маленькая заветная шкатулочка! — обрадовалась мамаша и, достав из-под бус внушительный ключ, открыла крышку.

Чего только в сундуке не было! Впеременшку с драгоценными камнями и деньгами там находились книги Угухи, подтяжки Шмутца, панцирь Савви, корзинка Агася и все остальное, что похитил у зверей Зыза. Но вот чего не было — так это рояля Дзыня.

Кот достал книгу и торжественно передал её Угу-хе — всю такую набухшую от влаги, с волнистыми страницами, но такую любимую и родную!

Сова уткнулась в неё клювом и зарыдала:

— Вот он, мой шедевр! Теперь звери узнают всю правду о нашествии лунатиков!

Рядом протанцевал Шмутц, крутя подтяжками.

— А где мой рояль? — Дзынь схватился крылом за живот но, вспомнив, что сердце находится где-то выше, схватился за горло.

Мама Боча неохотно буркнула:

— Рояль в сундук не влез. Я его сразу в море выбросила. Чем я, по-твоему, должна играть на клавишах? Копытами?

Дзынь заломил крылья, закатив глаза:

— Как же я теперь буду петь? Что мне делать? Я чувствую свой пульс!

Сильно добрые и управляемые обезьяны так прониклись его горем, что притащили все какие только у них были музыкальные инструменты.

Перед Дзынем выросла гора тамтамов, барабанов, погремушек, дудочек и каких-то подозрительных гремелок. Скворец просветлел от радости:

— О чудо! Милые, добрые зверьки! Мы меня возвращаете к жизни! Этого же на целый оркестр хватит!

Кот да Винчи вскочил на камень рядом с троном, так чтобы его видели все.

НАШЕСТВИЕ ЛУНАТИКОВ

— Ну вот, теперь, когда мы во всём разобрались, можно отправляться домой! Обезьяны, вы теперь свободный народ и можете сами выбирать себе короля! Доброго и справедливого. Если, конечно, сова не решит остаться с вами. Зызу мы отвезём обратно в Звериный город и будем перевоспитывать.

— Только не это! Простите меня, пожалуйста! — заныл Зыза. — Я больше так никогда не буду! Я хороший, добрый зверь, просто у меня было плохое настроение и никогда ничего не получалось, а как по-другому добиться успеха, я не знаю. Сова, я хочу работать у тебя в издательстве. Обещаю, что буду приходить к тебе каждый день и работать как вол.

— Все так поначалу говорят! — отрезала сова. — А потом ищи-свищи ветра в поле... Я вон себе лучше обезьян наберу. Они меня любят.

— Возьми нас к себе! — воскликнули обезьяны. — Мы будем петь песни, плести венки и водить хороводы у костра с утра до вечера! И, если хочешь, даже ночью.

— Ещё и ночью! Ну уж нет! Не надо мне такого! — возмутилась Угуха, дрыгнув лапой, — Пусть уж всё остаётся как есть! Сидите на своём острове! Я издаю серьёзную литературу. Раскраски, открытки...

— ...и Лунные календари, — вставил Бубуша.

— А также Лунные гороскопы, звёздные карты и солнечные очки, — подтвердила Чуча.

— Что за глупости?! Я никогда не издавала солнечных очков!

ТРИ ОЧЕНЬ ХВОСТАТЫЕ ОБЕЗЬЯНЫ ПЕРЕПУТАЛИ ХВОСТЫ ГДЕ ЧЕЙ ХВОСТ?

— Отдайте Зызу мне! — хрюкнула Мама Боча. — Я больше не хочу быть пираткой! Мы с Пипеткой давно мечтаем построить маленький домик и жить там мирно и славно. Возьмите нас собой в Звериный город! Корабля у нас больше нет, зато есть огромное желание стать честными зверьми, и нам как раз нужно какое-нибудь маленькое домашнее животное. Только вот имя у него неприятное — Зыза!

— Ну хорошо,— согласился кот, — мы вас возьмём с собой, а вы перевоспитаете Зызу. Но на всякий случай иногда рассказывайте нам, как это у вас получается. Если что — придём, поможем.

— И возвращать не смейте! — ухнула сова.

Мама Боча вытащила Зызу из клетки и прижала к боку:

— Ну и отлично! Чего хвост-то поджал? Не бойся, со мной не соскучишься! Я тебя назову самым красивым, достойным именем. Будешь моим сыном, братом Пипетки, — славный мышонок Пипидон!

Обезьяны повалились с лап от хохота.

— Я не хочу быть Пипидоном! Что за имя такое — Пипидон? — испугался Зыза.

Дзынь тут же придумал скороговорку:

**На мели Пипидона лениво ловили,
На мели Пипидона случайно забыли.**

Сова подошла к Зызе и неожиданно дала ему подзатыльник:

— Я всегда говорила: «Не всякий зверь — хорёк, не всякая птица — издатель»!

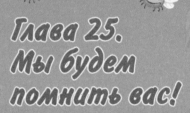

Глава 25.
Мы будем помнить вас!

Когда вы уходите в дальние страны,
Берите с собой, капитаны, бананы.
Пусть юнги возьмут ананасы, кокосы,
И будете в плаванье сыты, матросы!

Звери обступили кота да Винчи и принялись его благодарить. Белка от счастья обнимала всех подряд и говорила, что очень соскучилась и больше никогда не покинет своих друзей. Кончилось тем, что она обняла пальму, а потом, ужасно смутившись, стала расхваливать деревья.

Обезьяны грустно вздыхали:

— Но если вы уедете, у нас не будет ни короля, ни королевы! Как же мы тогда будем жить? Кого мы будем слушаться? Кто решит наши проблемы?

— Для этого не обязательно нужен король, — объяснил кот да Винчи. — Но, если вам так хочется иметь своего короля или королеву, вы можете становиться ими по очереди, на один день, и тогда никому не будет обидно! И все будут счастливы!

Обезьяны так обрадовались, что решили тут же устроить праздник.

День клонился к вечеру. На берегу развели множество костров и принесли всяческие угощения. Дзынь организовал оркестр, а мыши и карамельная крыса — хор с приятным названием «Звёздные подпевалы».

Звери веселились и танцевали до самого утра на берегу Кошмарского моря, под бескрайним небом. Пламя костров трепетало по всему побережью, и маленькие жёлтые искорки уносились в небо, прямо к звёздам. Увидев праздничные огни, приплыли восьминоги, и праздник стал ещё веселее. Оказалось, что остров восьминогов находится совсем близко.

Как же было весело! Восьминоги топали, обезьяны прыгали, звери плясали. Попугай свил себе гнездо на макушке вулкана, пускал оттуда в небо фейерверки и по старой привычке кидал водоросли.

Кот да Винчи сидел у костра на бревне и рассказывал новым друзьям о захватывающих приключениях, которые с ним происходили. Обезьяны слушали, затаив дыхание.

— Он гений, гений! — восторгались они.

Мыши радостно кивали и смущались от гордости за то, что дружат с таким замечательным котом.

— Мы и сами знаем, что гений! А с другими я не общаюсь! — как бы невзначай буркнула сова, она сидела у костра и уже второй раз за вечер перечитывала свою спасённую книгу и восторгалась собственным творением.

Лишь только маленький и обиженный Пипидон, бывший Зыза, никого не слушал, не топал, не прыгал и не плясал. Хотя его несколько раз пытались пригласить и пиратки, и обезьяны. Зыза выждал момент, когда его никто не видел, и подкрался к шлюпке восьминогов.

— Глупые звери! — пробормотал он, схватившись за весло. — Никому, никогда, ни за что не поймать Пипидона, то есть, тьфу, Зызу! Я ещё вам не всё сказал! Не надейтесь, я вернусь! И вы все задрожите от страха! Заплачете, попросите прощения, но будет уже поздно.

Сзади раздавалась оглушительная, развесёлая обезьянья песня.

Зыза поморщился, посмотрел на огромную, висящую над необъятным морем луну и быстро стал грести.

Лодка не шевельнулась.

Зыза грёб из-за всех сил, но безрезультатно. Казалось, будто лодка наполнена железом.

— Ну что там ещё такое? — обернулся Зыза и взвизгнул от испуга.

Позади него сидела Мама Боча, тяжело дыша и обмахиваясь веткой пальмы. Она весело подмигнула коварному злодею и хихикнула:

— Ну, куда собрался, мой маленький фиолетовый сынок Пипидон? Поплыли вокруг острова! Я очень люблю кататься при луне! Расскажешь мне о тайнах Пипидона.

Зыза взвыл и укусил себя за хвост.

* * *

Утром обезьяны, подплыв на длинных лодках, стащили корабль с мели. Они украсили его цветами и фруктами и подарили каждому гостю по золотому слитку.

Даже Зыза и тот удивился обезьяньему гостеприимству — ему тоже дали золотой слиток, связку бананов и каждая мартышка поцеловала его в нос.

Кот да Винчи рассказал обезьянам, как можно преодолеть Макаронную впадину, чтобы те могли приезжать к коту и его друзьям в гости, и сам пообещал навещать их. А также позвал их в Звериный город на свой день рождения.

— А когда у тебя день рождения? — удивились мышата.

— День рождения у меня тогда, когда я родился, а я как настоящий гений родился тогда, когда захотел. То есть летом! И я думаю, что когда мы приплывём домой, будет самое время его отпраздновать!

Чуча подошла к Зызе и спросила:

— Слушай, Зыза, а когда мы перелетали Макаронную впадину, почему ты не свалился с лодки, ведь она должна была повиснуть на верёвке или вообще оторваться.

— Это я его спас! Это я молодец! — встрял Робин Зонт. — Светофор Клумба стащил один парус, а я отдал его Зызе. Он надул его пузырями, и лодка перелетела вместе с кораблём.

Корабль отплыл от обезьяньего острова, и ещё долго над волнами неслась прощальная обезьянья песня.

Вот некоторые слова из этой песни, которые Угухе удалось запомнить:

Обезьяны, обезьяны,
Простодушные друзья!
Здесь кокосы и бананы,
Овощей полна земля!
Можно жить легко и просто
Средь полуденных морей
И не звать к себе на остров
Иноземных королей!

Долго-долго Зыза стоял на корме и смотрел на Обезьяний остров, который становился всё меньше и меньше и наконец совсем исчез из виду.

Глава 26. День рождения кота да Винчи

Когда б мы, мыши, у кота
В команде не служили,
Мы не сумели бы проплыть,
Возможно, даже мили!

— И снова на ваших телеэкранах и на страницах «Куриной правды» я — ваша Кудаха! Первая везде! — крикнула известная журналистка в телекамеру и эффектно поправила бусы, привезённые с Обезьяньего острова, чтобы все видели, что она не просто курица, а курица, побывавшая везде. И тут же продолжила:

— Сенсация! Настал долгожданный день! Сегодня мы и весь земной шар встречаем кота да Винчи! Ровно в 12 часов в Звериный город с победой вернулся его корабль «Отважный»! Зверей встретили как героев! Белка Бряка спасена! Возвращены все пропавшие ценности Звериного города! Злодей Зыза схвачен, а кроме того, теперь каждый желающий может поплыть на чудесный Обезьяний остров и набрать столько сокровищ, сколько пожелает! Но самые интересные события разворачиваются прямо сейчас на Полосатой площади, где мы все празднуем день рождения знаменитого гения и просто героя кота да Винчи!

На это торжественное событие съехались все гении со всей Вселенной. Только здесь и только сегодня вы сможете повстречать таких знаменитостей, как Пи-пикассо, Ку-ку-инджи, Микки-маус-ланджело, Копейкина, Вкопейкина, Ба-Баха, Пугай-нини, Страуса-Штрауса, Кряк-спира, Сушкина, Заусенина и ещё многих других. Также вы здесь сможете встретить гостей с Кошмарского моря — племя Трям-тряшек, бывших пираток Маму Бочу и всю её команду и даже известного злодея мышище Зызу, который находится на перевоспитании и носит теперь другое имя — Пипидон!

Команду кота да Винчи действительно встретили потрясающе! Каждому повесили на шею ожерелье из цветов и пожали лапы и крылья.

Никогда ещё в жизни у да Винчи не было такого весёлого дня рождения! И никогда ещё у него не было столько гостей!

На главной площади Звериного города развернулся огромный праздник. Чего тут только не было! Всюду играла музыка. Фонари и деревья звери украсили праздничными лентами и поздравительными надписями. Гости нарядились в карнавальные костюмы, танцевали, смеялись и угощались разными вкусностями, которые развозили на тележках Мурзавка, Агась, Светофор Клумба и даже Робин Зонт Крыса. Правда, от карамельной крысы пользы не было, потому что он зарылся в угощения с головой и надкусил всё, что попалось на зубы. Дошло до того, что он случайно укусил тележку.

Посередине площади крутилась мерцающая карусель, где каждый мог кататься столько, сколько хотел, а в стороне, на отдельной площадке, можно было прокатиться на пластмассовых пони, слониках и крокодильчиках.

Только Угуха нигде не прыгала и не скакала. Она как зачарованная смотрела на гениев, наперебой рассказывающих о своих новейших изобретениях. Они восхищённо хвалили кота да Винчи, себя, друг друга и черепахыча Савви. Тот, радуясь возвращённому сейфу, удивлял всех, прячась в панцирь и каждый раз высовывая голову из разных отверстий. Тому, кто угадывал, откуда появится голова, Савви в честь праздника дарил драгоценный камень, а тому, кто не угадывал, тоже дарил камень, правда не драгоценный, но очень красивый.

Сова записала имя каждого гения и туманно пообещала заключить какие-то непонятные контракты.

Тем временем на сцене Квадракатица исполнила эксклюзивный номер катания на квадратных колёсах, тут же попала на обложки всех журналов и стала знаменитостью, как и предсказывал кот да Винчи. Мимо сцены важно разгуливали белочка Бряка и кошка Мурзавка. Они надели свои лучшие платья и жутко этим гордились.

Медведь Шатун устроил показательные выступления и с хрустом ломал брёвна, заранее подпиленные Бройлером.

Дзынь со светящейся площадки на дереве пел поздравительную песню, одновременно поклёвывая порцию разноцветного мороженого из ста шариков, поэтому забыл мотив, и из весёлой песня плавно перетекла в лирическую, а потом вдруг вообще стала маршем:

...спой, скворец, дела кота
...а молока стаканом,
...тоб кот прослыл
на все века
Великим капитаном!

День рождения — это день!
А не лошадь и не пень!
День прошёл, настало лето...
Тра-та-та... О чём я это?

Припев: О-о-о! (2 раза.)

День рожденья — не неделя,
И не месяц, и не год!
Надо этот день отметить —
В этот день родился Кот!

Припев: О-о-о! (2 раза.)

Обезьяны подыгрывали ему на инструментах, привезённых со своего острова. Мышата весело танцевали. А бывшие пиратки так хохотали, что чуть не полопались от смеха.

И весь этот удивительный праздник был устроен ради одного-единственного зверя!

Кот да Винчи сидел за столиком около карусели и радостно принимал поздравления. Подарков было

столько, что около него образовалась целая куча коробок, свёртков и прочих интересных вещей. В них были: футболки, игрушки, шарики, книги, парфюмерные наборы, десять одинаковых портфелей... и на всём этом было изображение кота да Винчи.

— Вот это да! — радовался гений. — Я теперь могу отрыть музей имени меня и выставить там всё, что вы мне подарили! Ура!

— Ура! — закричали все, а Мама Боча так растрогалась, что даже поцеловала Зызу в нос. Кабаниха теперь его таскала повсюду с собой и не отпускала ни на шаг. Зыза так зафыркал, что пропустил всё самое интересное. Ёжик Агась и Драконша (которая на самом деле была просто лягушкой) убежали за сцену. И через несколько минут прямо над головами зверей вдруг в небо взмыли тысячи воздушных шариков, закружили над городом разноцветными хороводами, собрались в гигантскую полосатую радугу и превратились в надпись:

Надпись повисела немного в небе, а потом опустилась на площадь. К каждому шарику оказалась привязана маленькая коробочка с сюрпризом — там были хлопушки, светящиеся звёздочки, золотой дым, зелёные пуговицы и ещё много разных чудесных штучек.

Звери радостно собирали сюрпризы, и каждый взял себе столько шариков, сколько хотел. Робин Зонт как всегда перестарался и нахватал так много шаров, что взлетел над площадью и повис на фонаре. Его пришлось снимать при помощи подъёмного жирафа.

А потом были фейерверк и катание на разноцветных лодочках по реке.

Да, это были удивительно весёлый день рождения! И все были счастливы!

КУРИНАЯ ПРАВДА

СЕНСАЦИЯ!

Кот да Винчи отпраздновал свой день рождения! Все, кто хочет подарить ему подарок, присылайте его в нашу редакцию!

Мы всё передадим! Совершенно бесплатно для кота!

Потому что кот — наш друг!

Кудаха

ЧАСТНЫЕ ОБЪЯВЛЕНИЯ

Люблю возить санки. И всё остальное — тоже.

Лошадь Чага

Поймаю все вылетевшие слова.

Воробей

КОНЕЦ

«Хи-хи! — подумал Зыза. — Пусть все думают, что на этом всё кончилось. Я-то знаю, что на самом деле с этого всё только началось!»

Зыза тихонечко выскользнул из копыт Мамы Бочи и скрылся среди гениев, которых было так много, что нормальный зверь среди них выглядел редкостью.

ЕЗДАТЕЛЬСТВО „Сова" У.

Ну как мне, сове,
Не гордиться?
Я всё-таки
Важная птица!

Эпилог

С первыми лучами солнца Угуха, прижимая к перьям спасённую книгу, вошла в лес.

— Читатели! — тихонечко прошептала она и хрипло добавила: — Я принесла своё новое творение.

И тут же из травы потянулись тоненькие, но очень мохнатые лапки. Задрожали радостно хвостики. И книга исчезла. Лес стих, замерев в предвкушении новых приключений гениального кота. Лишь долго то там, то тут раздавались радостный хохот и восторженные возгласы.

Сова постояла немного, потянула клювом воздух и, размахнувшись, пнула корягу.

— Ну вот, как всегда! Пишешь-пишешь, стараешься-стараешься, а они схватят, убегут и даже спасибо не скажут! Пойду напишу что-нибудь новое. Пусть опять ждут и мучаются!

Оглавление

Глава 1. Страшный замысел 6

Глава 2. Кража века 16

Глава 3. Лови пирата!........................... 22

Глава 4. Послание............................. 32

Глава 5. Настоящая погоня 36

Глава 6. Во всём виноват ОН!................ 44

Глава 7. Солёный ветер в морду!........... 56

Глава 8. Эх ты, Чуча, молчала бы лучше!...64

Глава 9. Опасный остров....................... 68

Самая маленькая глава, которую
(некоторые невнимательные писательницы)
даже забыли пронумеровать 74

Глава 10. Как сложить восьминога? 76

Глава 11. Ну, Зыза, держись!................... 82

Глава 12. Квадракатица 85

Глава 13. Копна с клювом,
бревно в шляпе и велосипед 91

Глава 14. «Летучий голодранец» ...96

Глава 15. Два точных удара,
и белка — герой! 100

Глава 16. «Чёрная роза» 108

Глава 17. Кошмарные рифы
Кошмарского моря 118

Глава 18. Бунт на корабле 124

Глава 19. Чудесное племя Трям-тряшек ... 130

Глава 20. Мы спасём тебя, Бряка! 140

Глава 21. Я — главный! 146

Глава 22. План 150

Глава 23. Сражение 156

Глава 24. Простите честных пиратов! 164

Глава 25. Мы будем помнить вас! 173

Глава 26. День рождения кота да Винчи .. 178

Конец 185

Эпилог 187

Низко-низко, ниже самой тоненькой веточки, ниже самого маленького листика, там, где ствол Большого Дерева уходит в землю, между двух корней находится забытая Пещера. Влипсики — маленькие человечки, живущие на Дереве, никогда туда не ходили. Поговаривали, что если кто-нибудь в нее заходил, то уже больше никогда не возвращался обратно.

Но однажды влипсёнку, которого звали Шнопсик, все-таки пришлось туда зайти, и не просто так, а чтобы спасти родное Дерево! Случилось это вот как...

Продолжение следует!

Литературно-художественное издание

Катя Матюшкина

КОТ ДА ВИНЧИ
Пираты Кошмарского моря

Ведущий редактор *С. Гришечкина*
Ответственный редактор *Н. Арянова*
Технический редактор *Т. Лаврова*
Художественное оформление *А. Филиппов, Е. Суходольская*
Верстка *В. Левин*
Корректор *Н. Старостина*

Подписано в печать с готовых диапозитивов заказчика 20.11.07.
Формат 60 x 84 $^1/_{16}$. Бумага офсетная. Печать офсетная.
Усл. печ. л. 11,16. Тираж 25 000. Заказ 2071.

Санитарно-эпидемиологическое заключение
№ 77.99.60.953.Д.009163.08.07 от 03.08.2007 г.

ООО «Издательство «Сова»
195112, Санкт-Петербург, а/я № 51
E-mail: ooosova@mail.wplus.net

ООО «Издательство Астрель»
129085, г. Москва, проезд Ольминского, 3а

Издание осуществлено при техническом участии
ООО «Издательство АСТ»

Издано при участии ООО «Харвест».
Лицензия № 02330/0056935 от 30.04.2004.
Республика Беларусь, 220013, Минск, ул. Кульман, д. 1, корп. 3, эт. 4, к. 42.

Республиканское унитарное предприятие
«Минская фабрика цветной печати». ЛП № 02330/0056853 от 30.04.2004.
Республика Беларусь, 220024, Минск, ул. Корженевского, 20.